ミナ
レイジ
ノエラ

CHARACTER
エジル
ビビ
ポーラ

CONTENTS

チート薬師のスローライフ8
～異世界に作ろうドラッグストア～

ケンノジ

BRAVENOVEL
ブレイブ文庫

1　キリオドラッグの虫対策1

ぷぅううん、と嫌な音がして周囲を見回すと蚊が飛んでいた。

なんか最近店番中に虫に刺されると思ったら、こいつだな？

「ふっ！」

のんびり飛んでいる蚊を手でパチンと叩いた。

手の中でご臨終なさっている蚊を見て、おれは安堵のため息をついた。

「まったく、油断ならねえ……」

現代世界にもこっちの世界にも蚊はいるらしく、気温が上がってくるとどこからか湧いてくるのだ。

「あるじ、かいい」

ノエラが店にやってくると、蚊に刺されたところを爪を立ててかいていた。

「ノエラもか。最近多いよな。あんまりかきむしると血が出るぞ？」

「血!?　ノエラ、やめる」

素直にやめたノエラだったけど、すぐに痒みがぶり返したらしく、ムズムズしていた。

「メンタルが試されるんだぞ、ノエラ」

刺されたところを再びかこうとしていたノエラの手が止まる。

「痒くても、かいてはいけない……。かいたら余計に痒くなるもんだ」

「あるじ、痒いは、痒い」

まあ、そうなんだけどな。

だからメンタルが試されるって話なんだけど、ノエラはそんなことどうでもよかったらしく、かくのはやめて、患部を爪でぐいいいいいいっと押さえつけている。

患部の上にできた一本線の爪あとに、別の爪あとを作って痒みを紛らわせていた。

患部の上には十字の爪あとが残った。

「やっちゃうよな、それ」

「る。ノエラ、バッテン、作る、上手」

人差し指を立てて、ノエラは得意そうな顔をしている。

「あるじ、痒いところ、出す」

おれにもその処置をしてくれるらしい。

昨日蚊に刺された腕を差し出すと、ぐいぐい、とノエラに十字の爪あとを作ってもらう。

「ありがとう、ノエラ」

「るっ♪」

ノエラの気持ちは嬉しいし、満足そうな顔を見るのも良いんだけど、この処置って正直気休めなんだよな。

「ノエラ、仕事をちょっと頼まれてくれるか？」

「る！　任せる！」

やる気になったノエラだったけど、無意識にさっきの患部をかいていた。

「ノエラ、またかいてる」

「る!?　いつの間に！」

自分でもびっくりだったらしい。

そして、深刻そうな顔で首を振った。

「あるじ、バッテン、だめ……！　効かない！」

うん。知ってた。

「ノエラさーん？　草むしりは終わりましたか？」

店内から聞こえた声に、ミナがこっちに顔を出した。

「ミナ、聞く。ノエラ、それどころ違う」

「？」

ミナがわけがわからなさそうに首をかしげるので、おれはノエラの状況を教えた。

「虫刺されが痒くて仕方ないらしい」

「あーぁ」

腑に落ちるところがあったようだ。

「お洗濯物を干す庭のほうは、小さな虫が結構飛んでますもんね」

「ミナは刺されないの？」

「はい。体質なんでしょうか」

「体質っていうか、幽霊だからかな」

「なるほど！」

納得いったらしく、ミナが手をぱちんと叩いた。

「ノエラ、虫、だから嫌」

シティ派の人狼は嫌そうに唇を歪めている。

以前作った虫除け薬【虫無視クイーン】は、まだ在庫も十分あったはず。

【虫無視クイーン】があっただろ。使ってないの？」

ふるふる、とノエラは首を振る。

「めんどくさい」

それ言ったらおしまいだろ。

けど、気持ちはわかる。

庭に出るのにわざわざ虫除け薬を使うのは、たしかに面倒だもんな。

「虫が出るから、涼しいうちに草むしりをノエラさんにお願いしていたんですが」

「ミナ、あるじに告げ口、だめ」

しーっとしながら首を振るノエラ。

「だめ、じゃねえだろ」

ベシ、とノエラの頭にチョップする。

自業自得だったんじゃねえか。

「このモフ子は、まったく……」

「ノエラさん、わたしも手伝いますから、草むしりやりましょう」

「るう……」

ずりずり、とノエラはミナに引きずられ、奥へと姿を消した。

【虫無視クイーン】があるし、放っておけば治るから、とあの手の薬は作ってこなかった。

もしかすると、他の人たちも、処置法がないからただ我慢しているだけなのかもしれない。

「お客さんも来そうにないし、ちょっと作ってみるか」

おれは店を空けると、創薬室に入った。

痒いときは何しても痒いけど、気休めになるんなら十分だろう。

創薬スキルの案内に従い、素材を集め新薬を作っていった。

外からはノエラとミナの楽しそうな話し声が聞こえてくる。

ノエラは、一人にさせるとサボりがちだけど誰かと一緒だとちゃんと働くんだよな。その相手はおれとミナ限定かもしれないけど。

「るぅ～～～!?」

「ノエラさん――――!?」

ノエラの鳴き声とミナの声に心配になって外をちょっと覗くと、どうやらまたノエラが蚊に刺されたらしく、半ギレで刺されたところをかきむしっていた。

「いっぱいかいたらダメですよ？」

「わかってる。るうううう、るうううう――、でも、止まらないいいいい」

あーあーあー。痒みのエンドレスループに入っちまったらしい。

「よし、できた。すぐに持っていってあげよう」

【虫刺されコールド：患部の熱を奪い去ることで、虫刺されなどの患部の痒みを鎮める】

透明の薬品を小さなハケに垂らして、蚊に刺された部分に塗ってみる。

「あ！　おぉ、知ってる感じのやつだ、これ」

すーっとして気持ちいい。

気休めじゃなく、これを塗れば刺されたことを忘れられるぞ。

おれは急いで庭に向かう。かいたらだめ、と言われているノエラが、ゴロゴロ庭を転がって気を紛らわそうとしていた。

「るうう、るうう！」

「ノエラ！　さっき作ったばっかのこれを塗るんだ」

「る？　あるじっ」

ハケと【虫刺されコールド】が入った瓶を投げると、ノエラがぱしっと上手くキャッチした。

すぐに薬品をハケに垂らして、新しく刺された箇所に、ぺとぺと、と塗った。

「る？　涼しい……痒い、ない……」

不思議そうにノエラは患部を見つめている。

「わたしもいいですか？」

ミナも試してみたくなったらしく、ノエラから瓶とハケを受け取った。

「あ。本当です！　とっても涼しいです！」

清涼感に包まれるミナとノエラ。

「涼しみ……」

「涼しいですねぇ……」

冷風を全身に感じているかのように、両手を広げている。

「いや、そういう薬じゃあ……」

「ノエラ、もっと塗る」

ぺとぺと、とさらに体中に【虫刺されコールド】を塗った。

「るーーーーっ」

気持ちよさそうにノエラは目をつむって風を感じている。

【冷却ジェル】っていう、そういう涼を得るための薬があるんだけどな。

まあいいか。

「ノエラ。これでおれやミナの頼まれごとはできるよな？」

「る。ノエラ、もう何も、怖くない」

いや、これは刺されたときに使う薬であってだな……。

本当にわかってるのか？

ぷぅうん、とノエラの周囲に蚊が飛んでいる。

「る！」

シュバっと蚊を倒したノエラ。

そう見えたけど、違ったらしい。

「るぅ～～～!?　あるじ、また刺された！」

「虫刺され予防の効果はないんだよ」

「な、に……!?」

全然わかってないノエラだった。

そのあと、すぐに【虫無視クイーン】をノエラにかけてやり、庭での洗濯物干しにようやく集中できたのだった。

2　キリオドラッグの虫対策2

「るッ！　るうう――ッ」

あれ以来、ノエラが虫に過敏になってしまった。

夏を迎えたこの季節では、虫がたくさん出ることとくらいあるだろうに。

パン、パチン、と宙を飛ぶ虫を見つけると問答無用で手を叩き、撃破していっている。

「今日も、つまらぬ虫を叩いてしまった……」

某侍キャラみたいなことを言うノエラは、やれやれ愚かな虫め、と言いたげに撃破した虫を見つめると、ガンマンが銃から出た煙を吹き消すように、ふっと手に残った死骸を吹き飛ばす。

虫嫌いプラス虫刺されを嫌うノエラが、過剰に反応してしまうのは仕方ないのかもしれない。

最近じゃ、【虫無視クイーン】を家の中でも常用して、完全防備している。

けど、気になるものはやっぱり気になるらしく、ああして見つけた虫を片っ端からやっつけている。

「おはようございまーす」

開店前の時間になると、湖の精霊ビビがやってきた。

今日はビビが出勤の日だったたか。

「おはよ。今日もよろしくな」

「よろしくね」

愛嬌のある笑顔を振りまく精霊様だったけど、その周りには虫が何匹も飛んでいた。

「ビビ、虫が集《たか》ってるぞ？」

「あー。これは、ボクが湖の精霊だからかな」

ビビにとって害はないらしく、人差し指を伸ばすと一匹がそこに着地した。

「ボクは湖の化身でもあるからね。水場って生物共通の憩いの場だから、とくに夏は水源ってやつは重要なんだ」

得意そうに虫マスターは言う。

「精霊とか水源がどうこうの前に、女の子としてヤバイと思うぞ」

「え」

「虫が集るって、ちょっと引く……」

「えぇぇぇ……」

上機嫌そうな表情が一瞬で吹き飛び、不安そうな顔をするビビ。

「とくに今は、うちのモフ子が――」

おれが言い終わる前に、ノエラを確認すると、言わんこっちゃなかった。

信じられないものを見つけたように、ノエラがわなわなと震えている。

「あ、ノエラちゃん、おはよう」

愛想よくビビが挨拶しているが、ノエラはそれどころじゃなさそうだった。

「む、虫、いっぱい！」

「ああ、これはボクが湖の精霊だから――」

「ビビ、中入る、ダメ！」

やっぱこうなったか。

「えぇ～～？　なんでー？」

「虫、連れてくる。ダメ。大ダメ」

シュバっとノエラは腕でバツマークを作った。

ノエラの虫嫌いも困ったもんだ。

「ボクだって、好かれたくて好かれているんじゃないんだよ。山から下りてくるとこうなってて……」

完全拒否されたビビがしゅんと肩を落とした。

わざとってわけじゃないし、そうなると不憫に思えてくる。

相変わらず可哀想なやつというか。

「これ使う」

ノエラがビビに【虫無視クイーン】を使ってやると、周囲にいた虫たちは飛び去っていった。

「ノエラちゃん、ありがとう」

「るう。任せる」

むふん、とノエラが胸を張った。

ビビに関しては、多少仕方ない面がある。水場を求めた生物が寄ってくるっていうのも、自然なことだ。

ノエラはこのままじゃ、過敏になりすぎて仕事に集中できない。

いや、元々あんまり集中してないダメ狼なんだけど。余計にな。

ビビとノエラが開店作業をしている中、おれはひとつ閃いた。

「日本の夏……。アレしかないな」

「あるじ、どした」

「レイジくん？」

おれのつぶやきが聞こえていた二人が首をかしげた。

「仕事を続けててくれ。おれはちょっと思いついたことがあるから創薬室に」

「ポーション!?」

ノエラが目を輝かせている。

「今朝の分はもう飲んだだろ？　他に在庫あるから今日はもう作らないよ」

「るう……」

上がったテンションが秒で元に戻った。現金なやつめ。

それじゃあと頼む、と主にビビに言うと、ビシっと敬礼をした。

「ボク、レイジくんに頼られている……」

ビビがじいんときているようだった。

バイトのモチベーションを保たせるのも、雇用主の仕事だろう。

創薬室に行く途中で、家事が終わったミナと廊下で会った。

「また何か作るんですか？」

「ああ。日本の夏を、な」

「はぁ？　ニッポン？　ですか？」

わからないよな。異国、ましてや異界の人にわかるとは思えない。

創薬室に入ると、気になったミナもついてきた。

「すぐにわかると思うよ」

「それじゃあ、僭越《せんえつ》ながらわたしがお手伝いさせてきただきます」

「うん。ありがとう」

おれは創薬スキルに従って、ミナに手伝ってもらいながら素材を集めていく。

ノエラがああじゃなかったら、作ろうとも思わなかっただろう。

ミナは素材用の畑で作業をしているとき、虫を見かけても騒ぐようなことはない。むしろ見つけたことを楽しんでいるところさえある。

幽霊のミナは、生前病弱であまり外に出られなかったらしい。

だから外での発見が楽しいんだと思う。

「何ができるんでしょうか」

「すぐにわかるよ」

素材を集め終わると、調合の作業に入り、すぐに新薬が完成した。

【虫ガードナー：内用液が空気に触れることで虫が嫌がる成分が拡散。一帯から虫を遠ざける】

「よし。これでこの家に虫はもう入らないはずだ」

「変わったニオイがしますね？」

瓶に鼻を近づけてミナが不思議そうにしている。

「これを虫が入りそうなところにおくと、虫が近寄らなくなる」

「革命的です。レイジさん、それが、ニッポンの夏……なんですね!?」

ニッポンという名前がよくわかってないミナだったけど、新薬の効力に目を見開いていた。

「そうだ。日本の夏……商品名は【虫ガードナー】だ」

「これがあれば、我が家に虫はもう入らない」

「そういうこと」

「試してみましょう」

おれはうなずき、【虫ガードナー】を持って店へむかった。

他の窓でもよかったけど、一番人の出入りが多く、扉の開閉が多いのが店の出入口だからだ。

「わぁぁぁあああん」

変な悲鳴が聞こえて、おれとミナは顔を見合わせる。

店内に顔を出すと、虫を追い払おうとしているビビとノエラがいた。

「【虫無視クイーン】はどうした？」

「あ。あるじ。使った。でも」

「それよりもボクの精霊力が強かったみたい」

どこか誇らしげにビビはへへへと笑っている。

「これじゃあ、お客さんにも迷惑がかかるし……。ちょうどよかった」

おれはビビに【虫ガードナー】を渡した。

「レイジくん、これは？」

「蓋を開けるとわかるよ」

「？」

小首をかしげるビビが瓶の蓋を開けると、独特のニオイが漂いはじめた。

ああ、これこれ。日本の夏。

俺が思い出に浸っていると、ミナたちが声を上げた。

「あ、虫がどんどん逃げていきます」

「ボクの精霊力が!?」

「虫、追い払った！」

驚いている三人におれは改めて説明をした。

「これは虫を追い払う新薬だ。そばにおいて使ってもいいし、店の扉のそばに置いていれば虫は入ってこない」

「「そ、それは――――結界」」

いや、違うぞ。

「レイジさん、このお薬は、移動式簡易結界だったんですね！」

「うん？　違うよ」

「ボクの精霊力を上回るほどの薬を作るとは……さすがレイジくんだ……」

おまえはさっきからスタンスが「虫がそばにいてほしい」って感じだな？

「店、虫、もう来ない。対虫用結界！」

ノエラは新武器を見つけたかのようにはしゃいでいた。

「そんな大層なもんじゃないよ。虫を追い払う薬ってだけだ」

開店直後とあって、その話が聞こえていたらしく、やってきたお客さんが詳細を尋ねてきた。

「虫が来ないってさっき聞こえたんだけど――」

説明をすると、使いかけでいいからとすぐに試作品の新薬が売れた。

ノエラほど過敏でないにせよ、みんな悩んでいたらしい。

さっそく量産態勢に入ると、【虫ガードナー】は「対虫用簡易結界」というフレーズで広まり、すぐさま人気商品になったのだった。

3　ペット

「マキマキ、来た」

エレインと仲が良いノエラは、馬車の車輪の音が聞こえると店の前までやってきて俺を振り返った。

みたいだな、とおれが返事をすると、店内にエレインがやってきた。

「みなさま、これを見てくださいませ～！」

エレインが胸に抱いていたのは、子犬だった。

子犬だけど、足を見ると結構太いから、大型犬なのかもしれない。

「犬！　るー！」

わさわさわさ、とノエラの尻尾が元気よく振られる。

きゅーん、と子犬は鼻を鳴らし、ノエラよりも早く尻尾を振っていた。

「いらっしゃい。エレイン。その犬、どうしたの？」

「聞いてくださいまし、レイジ様。この子を我が家で飼うことになりましたの」

ああ、それで今日は見せびらかしにやってきたのか。

ノエラが恐る恐る手を差し伸ばすと、ぺろりとその手を子犬が舐めた。

「くすぐったい！」

わしわしわしわし、とノエラは子犬を荒く撫ではじめた。

「店の中には連れて入れないから、外に繋いでおいてくれよ？」

「わかりましたわ」

リードを適当な柱にくくり、エレインが店内に戻ってくる。

「あの子犬を自慢しに来たんだろ」

「違いますわよ。レイジ様、わたくしを見くびらないでいただけます？」

ぷん、と怒ったようにエレインは唇を尖らせる。

「悪かったよ」

とおれは苦笑した。

犬や猫、現代でペットがほしいと思ったこともあったけど、こっちの世界に来てからは、ペットみたいなモフモフがいるからペット欲みたいなものは全然なくなった。

「それで、今日はどういう用事？」

「わたくし、あの子……リングバーグシュタインズを飼いはじめて、本でお勉強をしましたの」

「ん？　リング、何？」

「リングバーグシュタインズ、ですわ」

「っていう犬種？」

「という名前ですわ」

長ぇな。

「長いので、普段はリンちゃんと呼んでいますの」

「じゃあ本名もリンちゃんでいいじゃねえか」

本名のほう永遠に使わないだろ。

「お勉強をしてわかりましたけれど、ワンコたちは虫の影響で病気になることがあるというじゃありませんの」

「ああ、そういや……」

おれは飼った経験がないから、気にしたことはなかった。このカルタの町で、ペットを飼っている人もいないので、その手のペット用品、ペット用の薬品みたいなものは一切作っていない。

この異世界の貧富の差は、現代以上にヤバイ。

正直、一般市民にペットを飼う余裕なんて全然ないのだ。

飼う人がいるとしたら、このエレインみたいなお貴族様や地主や豪商など、お金持ちくらいしかいない。

「わたくし、リンちゃんがもし病気になってしまったら、泣いて泣いて泣きじゃくりますわ」

「泣く前に医者に連れて行けよ」

「……それもそうですわね」

とあっさり納得したエレインだった。

ノエラがいないと思ったら、外で「るっ、るるっ」と声が聞こえる。リンちゃんの鳴き声も聞こえるので、どうやらノエラと遊んでいるようだった。

「話が逸れましたわ。ともかく、レイジ様には早急にリンちゃんの全病気を撃退する万能薬を作っていただきたいのですわ」

「ペット用っつっても、そんな万能薬作れねえよ」

創薬スキルは反応をしている。けど、見たことも聞いたこともない素材が必要だ。

エレインのペットのためだけに、素材集めの旅に出て世界を回るわけにはいかない。

「キャンキャン」

「るるる～」

窓の外では、ノエラとリンちゃんが戯れている。

こうして見ると、仲のいい姉弟のようだった。

「ペット用の薬……」

うちにいるグリフォンのグリ子用に【モンスターポーション】があるけど、あくまでも魔物や魔獣を基準にした薬で、犬では効果が強すぎるかもしれない。それに、ポーション自体外傷に効くものだ。

病気を治してくれるものではない。

「マキマキ、あるじー！」

リンちゃんを抱いたノエラが大慌てで店に戻ってきた。

「どうしましたの？」

「リンリン、痒い。色んなところ、かきかき」

言われてみれば、似たような仕草を何度も繰り返している。

「わかるのか、ノエラ」

「る。リンリンの話すこと、ノエラ、わかる」

「ノエラさん、意思疎通ができますの？」

「るう」

うむ、と大きくうなずいたノエラ。

そうか。半分人間で半分狼だから、ある程度考えていることが理解できたり、ノエラの言うことをわかってもらえるんだ。

「や、やっぱり病気ですのね――――!?」

立ち上がったエレインは、絶望顔でリンちゃんをノエラから渡してもらい、抱っこした。

「あるじ。かいかい、ノエラもわかる。やめられない」

「ついこの間がそうだったもんな」

色んな意味でリンちゃんの気持ちがわかるらしいノエラは、いつになく真剣な表情だった。

「万能薬は無理だけど、予防薬くらいならできるよ」

「本当ですのっ!?」

「ああ。ちょっと待ってて」

「る。ノエラも手伝う。マキマキ、店番頼む」

「わかりましたわ……！」

普段なら、店番はおまえがやるんだよ、ってツッコんで店に留めるけど、今日は許そう。

「ノエラ。創薬室の素材じゃ足りないから、採ってきてもらえるか？」

「る！」

おれは足りない素材をメモしていく。

その間、すっかり虫嫌いになったノエラは【虫無視クイーン】をこれでもかっていうくらい体に塗り、仕上げに【虫ガードナー】の瓶に紐を通して首からお腹のあたりに下げた。

完全防備だ。

「これを頼む」

「る！」

おれからメモを受け取ったノエラは狼モードになる。創薬室から外に出ていくと森のほうへ疾走していった。

同類の危機を察して、はりきっているらしい。

単純に、リンちゃんが可愛いからっていうのもあるんだろう。

その間、おれはできる作業を進めていった。

息を切らしたノエラがすぐに戻ってくると、足りなかった素材を受け取り新薬を完成させた。

【ペットセイバー：ペット用防虫薬。無香料。ペットをノミ、ダニ、蚊などから守る】

「あるじ、できた？」

「おう。できたぞ。これを体に注《さ》せば、虫から守れるはずだ」

ノエラに新薬を渡すと、店の外にいるリンちゃんのところへ大急ぎで戻っていった。

「これは、どういうお薬ですの？」

心配になったエレインも顔を出した。

「これを体に注すと、人間じゃ見えないところに潜んでいる小さな虫たちを追い払えるんだ」

「注せばいいのですね？」

「マキマキ」

ノエラが【ペットセイバー】をエレインに渡す。

背中あたりに数滴薬を注した。

おれの目では何も確認ができないけど、ノエラは違った。

「る!?　みょんみょん、て、リンリンからいっぱい虫、出ていった」

よし、それなら成功だ。

「つーわけで、これ、持って帰ってくれ。リンちゃんくらいしか使えるペットがこのあたりじゃいないから」

「お金を今度必ずお支払いいたしますわ！」

「いいよ。月一くらいでリンちゃんの様子を見ながら注してあげればいいから」

「わかりましたわ。レイジ様、ありがとうございました」

ぶるぶる、と体を震わせたリンちゃんをエレインが抱きかかえて馬車に乗って帰っていった。

ふと、うちのグリ子は大丈夫なんだろうかと心配になって、余った素材で作った【ペットセイバー】をグリ子に注しておいた。

「きゅぉ？」

グリ子は不思議そうにまばたきを繰り返している。

「虫に噛まれたり刺されたりして、痒くないか？」

「きゅう……？」

思い当たる節がないらしく、反応もぼんやりとしたものだった。

それからしばらくして、エレインから感謝の手紙と代金が届いた。

感謝の気持ちを込めて、どんと二〇万リン。

こんなにもらえないと思ったけど、言うべき相手は目の前にいないので、今度来たら言っておこう。

この一件が、エレインからペットを飼う上流階級の人々に知られ、【ペットセイバー】を求めて遠方からたくさんお客さんが来ることになったのだった。

4　嫌いな男子はいない

ノエラの虫嫌いは相変わらずで、森に行って素材を採取するときはもちろん、普段でも【虫無視クイーン】を常用するようになっていた。

今日も朝から虫除け薬を使い、店や自分の防御を固めている。

虫イコール害をもたらす悪っていう認識になってしまったらしい。

「やりすぎな気もしますけどね」

その様子を見ているミナは、朝食の片づけをしながら苦笑している。

「普段の生活にはなくてもいいものだから、余計に排除したくなる気持ちはわかるんだけどな」

おれは自分で淹れた【ブラックポーション】をカップですする。

「レイジさんは、虫は得意なんですね」

「得意ってほどじゃないけど、高校生までは田舎に住んでたから、耐性はそれなりにあるよ。虫捕りして遊んだことも多かったし」

「コウコウセイ？」

そうか、言ってもわからないんだった。

おれにも、蝉やカマキリやバッタを素手で捕まえてた頃があった。今じゃ直に捕まえるのは抵抗があるけど、当時は一般的な田舎の子供だった。

「ともかく、虫捕って遊んでたりはしてたんだよ」

「そうでしたか～。元気な子供だったんですね、レイジさんは。ノエラさん、最近はビビさんの湖にも遊びに行かなくなったみたいで」

ビビの湖は森の中にある。今のノエラが敬遠するのは当然だった。

そのビビが出勤してきたようで、店のほうから声が聞こえてきた。

【ブラックポーション】を飲み終えると、おれは店に顔を出した。

「あ。レイジくん、おはよう」

「おう。おはよ。今日もよろしく」

ノエラが不足分の補充をするため創薬室に行ったところで、ビビが声を潜めた。

「レイジくん……ノエラちゃん、最近ボクのこと嫌いになったのかな」

今にも泣きそうなウル目をするビビは、店の隅で膝を抱えていた。

「嫌い？　なってないだろ、たぶん。何かしたの？」

ふるふる、とビビは首を横に振る。

「どうしてそう思うの」

「今まで遊びに来てくれたのに、全然来なくなったから」

なんか、こういうの小学校とか中学校で見たことあるぞ。

人間関係がややこしくなるのは、現代も異世界も変わらないらしい。

ビビはいつでもウェルカムで、定休日になると決まっておれたちを湖に招待しようとする。精霊のくせに尽くしがち。

おれはひとつ思い当たる節があった。

「ノエラの虫嫌いがエスカレートしたせいじゃないか。湖が森の中にあるから」

「えぇ～～。人狼のくせに？」

「そうなんだよなぁ……」

ノエラと出会ったのは森だったし、少し前までは一緒に森に薬草や素材の採取にも出かけていたのに。

虫がノエラにとってどういう存在なのか、ノエラの中でレッテルを貼ってしまったんだと思う。

「じゃあ、もうボクの湖には遊びに来てくれないの？」

うるるるる、と涙を目にいっぱい溜めるビビが尋ねた。

「そんなわけないだろ」

と、即答したけど、実際どうなのかはわからない。

虫っていっても、色んな虫がいるのをノエラが理解すればいいんだけどな。

好きになりそうな虫……虫っぽくない虫……。

ううん、と考えて、ひとつ思いついたことがあった。

ノエラがポーションや他の商品を抱えて戻ってくると、棚に補充をはじめた。そこで、ビビの異変に気づいた。

「ビビ、どした」

「ノエラちゃーん、ボクを嫌いにならないでー！」

「るるる？」

ビビがノエラをひしっと抱きしめる。

「るう？」

そりゃ、不思議そうな顔もするわ。

メンヘラ精霊と職場の人間関係のために、一肌脱ぐことにしよう。

「ちょっと店空けるから、二人で頼むな」

「る！」

「うん……」

任されたノエラは元気いっぱいだけど、ビビはしょんぼりしたままだ。

やれやれ。

おれは創薬室に入って、ノエラの虫嫌いを緩和させるための薬を作ることにした。

「あいつが嫌がっているのって、刺したり噛んだりするようなやつなんだよな……」

集めた素材をすり潰したり砕いたりしながら、ひとり言をこぼした。

それが虫の全部だと思っている。

そうじゃない虫もいっぱいいるってわかってもらえれば、最近の過剰な虫除けもなくなり、ビビの湖にもまた行くようになるはず。

ノエラの行動パターンや思考回路からして、アレを見てときめかないはずがない。

ノエラよ、「あるじ」は結構おまえのことを見てるんだぞ。

「完成！」

【甲虫ラバーズ：甲虫が好むフェロモンを放つ。樹液に近い薬品】

以前作った【昆虫ジェル】と【誘引剤】をベースに改良をしたものだ。

アレを見て、まだ虫が嫌いだなんて言えるか、ノエラ。

ククク、とおれは創薬室で笑う。

外に出ると、これを店の近くにある樹に塗っておく。

「夜が楽しみだ」

童心に帰ったみたいで、ちょっとワクワクする。

うんうん、とおれはうなずきながら樹に背を向けて店へと歩きだす。

空を見ると、虫が何匹も飛んでいるのが見えた。

「まさか……」

恐る恐る振り返ると、おれが【甲虫ラバーズ】を塗った樹に、カブトムシもクワガタもたくさん集まっていた。

「早っ！　もうこれは、やるしかねえ……！」

急いで店に戻り、おれはカゴを探して装備する。

「あるじ、どした」

「ノエラ。ヤバいやつを捕まえてくる」

「る？」

全少年のロマンをこのカゴに入れてくるからな。

みなまで言わず、おれは樹に戻った。

思った通り【甲虫ラバーズ】の効力はすさまじく、様々な種類の甲虫がやってきていた。

カブトムシやクワガタだけじゃなくて、あの虫もだ――。

いや、それはあとにしよう。

おれは数種類のカブトムシと、魔物に近い異世界ならではのカッコいいカブトムシをカゴに入れる。

【エレファントオオカブト：世界最大のカブトムシ。稀少価値も高く好事家の間では超人気】

そいつはエレファントオオカブトというらしい。

たしかに他に比べるとサイズが段違いに大きい。

メタリックなくすんだ銀色の体で、ピカピカじゃないってところがまたカッコいい。

頭には上下に長く大きな角。左右には小さな角がついていた。

他にはクワガタを数種類カゴに入れる。

「これでワクワクしねえやつはいねえ」

おれは偏った意見を口にして、カゴの中を確認してすぐに店へ戻った。

庭に向かうと、ミナが洗濯物を干しているところだった。

「レイジさん、どうしたんですか？　何か楽しそうです」

「どうしたもこうしたも、ノエラに虫がカッコいいっていうのをわからせてやるんだ」

おれはエレファントオオカブトを掴んでミナに見せてやる。

これでわかるだろう。

「……？」

全然わかってなさそうなミナは、小首をかしげている。反応に困ったのか最終的に愛想笑いで流した。

このロマンは、女子にはわからないか……。

カゴを覗いたミナが疑問を口にする。

「そんなに何匹も虫を捕ってきて、どうするんですか？」

「どうするって、戦わせるに決まってんだろ」

ワクワクしかしねえ。

「戦う、ですか」

「ああ。戦わせるんだ」

「はあ……」

ミナの反応はやっぱり薄い。女子ぃ。これだから女子は。

ノエラも女の子だけど、思考回路はおれに近いから、興奮不可避だと思う。

声を上げてノエラを呼ぶと、すぐにやってきた。

「あるじ、どした」

「ノエラ、これを見ろ」

おれは印籠《いんろう》のようにエレファントオオカブトをノエラに見せつける。

「る……！」

エレファントオオカブトのフォルムにピンときたノエラは、凝らすようにして少し目を細めた。

「あるじ、これは」

「エレファントオオカブト」

「エレファント、オオカブト……」

「かっこいいだろ」

ミナが大きく首をかしげている。

「カッコいい、ですか……？」

女子はだまらっしゃい。

同じ女子でも、思った通りノエラはおれ側だったらしく、わっさわっさと尻尾を振っていた。

「るっ！　るっ！」

「ノエラ、おまえにはわかるか」

「かこいい。角、強そう」

「触ってみ。この銀の体とか、めちゃくちゃ硬いんだ」

つんつん、と角を触り、背中を触るノエラ。

「るぅ……！」

感激していた。

この世界にはないけど、さながら重戦車のようでもある。

デカくて強い——。これに惹かれないヤツはいない。

どうやら、ノエラはカブトムシを知らなかったらしく、おれは角の使い道を説明した。

「こいつらは、何かあったときこの角で戦うんだ」

「この、大きな角、戦う……」

ノエラがときめいている。

モフ子の考えていることなんて、おれには手に取るようにわかった。

「こいつと他のやつ、どっちが強いと思う？」

「わ、わからない」

「戦わせてみよう」

「るううううううううう!?　た、た、た、戦わせる!?」

「うん。見てみたいだろ。この重装甲で角を振り回すところ」

「る！」

目をキラキラに輝かせているノエラ。

戦う前に、ノエラには言っておかないといけないことがある。

「ノエラ。実はこいつらは、虫なんだ」

「る……!?」

表情が曇るノエラは、さっきエレファントオオカブトを触った指をじいっと見つめている。

いつの間にこんなに潔癖になってしまったのやら。

「ノエラが思っている以上に、この世の中にはかっこいい虫がいっぱいいる」

なるほど、と言いたげにノエラはカゴのカブトムシやクワガタを見つめている。

「虫全部がノエラを噛んだり刺したりする虫じゃないんだよ」

おれの言葉を頭の中で繰り返しているのか、しばらく押し黙ったノエラが顔を上げた。

「あるじ」

「うん？」

「ノエラ、虫の戦い、見たい。カッコいい虫、好き」

よしよし、とおれはノエラの頭を撫でてやった。

地面にそっとおくと、ゆっくりと歩く姿を眺めたノエラは、恐る恐る背中から掴んだ。

「硬い。角、強そう」

ずいぶん気に入ったらしく、色んな角度からエレファントオオカブトを見つめていた。

対戦相手となる別のカブトムシを選ぶと、おれはノエラの近くにそいつを置いた。

「ノエラ、向かいにエレファントを」

ノエラはエレファントオオカブトを掴んだ手を大げさに振りかぶって、そっと地面に置いた。

「エレファント、セット！」

ノリノリだった。

それを見たミナが微笑んでいる。

「よくわかりませんけど、お二人が楽しそうなので、わたしもなんだか楽しくなってきます」

おれのカブトムシとエレファントオオカブトは、じりじりと間合いを詰めていき、角のリーチが圧倒的に有利なエレファントオオカブトは、おれのカブトムシの体の下に角を差し込むと、一気に振り上げる。

カブトムシは、ぎぎぎ、と爪で地面を掴んで粘るが、最終的に力負けしてひっくり返されてしまった。

「るーーーー！　エレファント、強い！」

他に何匹もいるので、次の対戦相手をノエラが探しはじめた。

せっかくなので、ビビも呼んでやろう。

「おーい、ビビー？」

呼んでも返事がない。その代わりに、子供の話し声が聞こえてきた。

不思議に思って店を覗くと、たまに見かける近所のガキんちょ三人組が店内でビビにちょっかいをかけていた。

「おい、おまえいつもここ来てるけど、暇なんだろ？」

とリーダーっぽい男の子が言う。

「暇じゃないよぅ！　ボクは、社員としてちゃんと働いているんだ」

あ、今しれっと嘘ついたな。社員じゃなくてバイトだから。

「客なんて全然来ねえじゃねえか」と、長身の男の子が言った。

「今はね、今は」

「働いているって言っても、客がいねえなら暇じゃん」

そう言って、ケラケラと短髪の男の子が笑う。

「お客さんがいなくても、やることはあるんだ。これだから働いたことのないお子様は」

ビビは、なんていうか、キャラ的にイジりやすい性格なので、このガキんちょたちにからかわれることが多い。

で、ビビがいるときによく来るので、もしかするとこの三人、ビビのこと好きなんじゃないのかと、おじさんは勝手に想像して微笑ましく見守っている。

ちょうどいい。

「今、ノエラが庭で虫大戦してるから覗いてみ」

四人に言うと、声が揃った。

「「「「虫大戦？」」」」

見てくればわかるよ、とおれは庭を指差して言った。

三人は興味津々で出ていったけど、ビビだけは残った。

「行かないのか？」

「ボクは、お仕事中だから。レイジくん、持ち場を離れたってボクをすぐにクビにしようとするでしょ？」

「タチ悪すぎるだろ、それ。そんなことしないから、見てこいよ」

本当に？　と疑わしげなビビに何度も「本当だって」と言い聞かせると、歓声が上がった庭へと向かった。

「おい、犬っ子、そのデカいやつ貸してくれよ」

「これ、エレファント。ノエラの。ノエラ、犬、違う」

「戦わせてみようぜー」

騒がしい声が聞こえてきた。

「ケンカはダメですよー？」という保護者ミナの窘《たしな》める声もする。

ぎゃーすか騒いだあと、あの三人組が店に戻ってきた。

「どうやってあれ捕まえたの？」

「ああ、あれはな」

おれは【甲虫ラバーズ】を持って子供たちに説明する。

興味津々で、使い方や捕り方を詳しく訊いてきた。

「ビビのこと好きなの？　あいつがいるときに限ってよく来るけど」

「「ち、違ぇし」」

うんうん、そうかそうか。好きなんだな、うんうん。

「ビビはちょっと変わった性格してるけど、可愛いもんな」

からかいすぎてしまったらしく、モジモジした三人はすぐに店を出ていった。

「あるじ！　ノエラ、あれ捕りたい」

「虫だぞ」

「るう。承知の上」

虫に対する抵抗感は今日でずいぶん薄れたらしい。

ノエラも楽しかったみたいだし、作ってよかった。

「あれ？　……俺はどうしてあれを作ったんだっけ？」

カブトムシやクワガタにスイッチが入ったけど、他に目的があったような。

「ノエラちゃん、ボクの湖のそばにもエレファントオオカブトはときどき見かけるよ」

「る！　ビビの湖、行く」

「わーい！」

ああ、そうだった。元を辿ればノエラに嫌われたってビビが言いはじめたのがきっかけだったっけ。

日が暮れはじめて、ほぼ遊んでいるだけの一日が、終わろうとしていた。

「今日は楽しかったよ。レイジくん、ノエラちゃんのことありがとう」

「ビビも一緒に来ないか？」

「どこに？」

ノエラやミナにもまだ説明してなかったな。

二人を集めて、おれは三人に説明をする。

【甲虫ラバーズ】は、カブトムシやクワガタ以外も惹きつけるんだ。すぐ近くに小川があって――」

ピンときたらしいビビがなるほどとうなずく。

「「？」」

ノエラもミナもわからないらしい。

ちょうど薄暗くなりはじめたので、おれは三人を連れて【甲虫ラバーズ】を塗った樹を目指す。

「樹が……」

ミナがぽつりとこぼす。

樹がぼんやりとした光を放っていた。

「る、る、る！　光ってる」

「光ってますね、ノエラさん」

「どして」

「ホタルもあの薬で寄ってくるみたいなんだ」

樹の幹だけでなく、フェロモンに惹きつけられたホタルが枝や葉に何匹もくっついて、それらが光を灯していた。

「すごい……。綺麗……。ボクもこんなに一斉に集まって光ってるのは、はじめて見たよ」

幻想的な光景に、おれたちはしばらく目を奪われていた。

「こういう虫もいるんだぞ、ノエラ」

「る。虫、奥深い」


こうして、おれの思惑通り、ノエラは虫に対する潔癖なまでの嫌がり方はしなくなった。

【甲虫ラバーズ】は、あの三人組が広めたらしく、男の子がいるお母さんが買い求めるようになり、子供向け商品として人気になった。

5　越えたい背中

開店作業をはじめようと店の扉に行くと、紙が一枚挟まっていた。

『バルガス家プレゼンツ　領民運動大会』

チラシはそう題されている。

運動大会？　運動会みたいなものか？

バルガス家というのは、このカルタの町を治める貴族の名で、エレインの一家でもある。

よく読んでみると、思った通り運動会みたいなもので、領内にあるいくつかの町や村から代表者を選び、短距離走、短距離リレーや格闘技、弓による射撃能力などを競うというものだった。

一位から三位には賞金や景品がもらえるという。

「先生、どうされたのですか。いつも以上に真面目な顔で」

顔を見せたのはエジルだった。このキリオドラッグでバイトをしている魔王だ。

ノエラに一目惚れしたのがきっかけだけど、そのノエラには生理的に無理と言われている。

エジルは、相変わらず決められた時間の一五分前には必ず出勤している。おまけに無遅刻無欠勤。魔王なのにバイトの鑑みたいなやつだった。

「運動大会を開くんだって」

「うんどーたいかい、ですか」

「そ。領内の各地から代表者を集めて、競争したり競技をしたりして一位を争うらしい。領主から賞金も出るとか」

エレインの父親であるバルガス伯爵は、悪徳領主というわけではなく、娘を溺愛している気さくなジェントルマンだ。

「そのようなことをして、領主にはどのようなメリットがあるんでしょう」

魔王らしい意見だった。

「『こんなことをしてくれる領主はなんていい人なんだ』ってみんなに思われるくらい、かな」

「……それ、いいですね」

さっと取り出したメモに何かを書いていくエジル。

ちょっと覗いて見ると、『部下、憂さ晴らし、◎』と書いていた。この企画をパクる気満々だった。

近日中に、魔王軍内で大運動会を開くんだろうな。

「る……っ。エジル……!?」

店にエジルを見つけたノエラが、柱の陰に隠れてこっちを見ていた。

目をハートに変えたエジルが、朝の挨拶をする。

「おはようございますノエラさんんんんん！　今日も麗しい銀の毛が素敵です！」

「……あるじ、ノエラ、外掃除してくる」

エジルは、がっつり無視されていた。前までは、朝の挨拶くらいができる程度の関係にはなっていたのに。おかしいな。

「エジル、またノエラに何かしただろ」

「余は、あの蔑むような見下す態度は、あれはあれで、良きものだと思っているのですが」

「喜ぶなよ」

はぁ、とおれはため息をつく。

「余は何もしていませんよ。ただ、先日、仕事の休憩中に何がきっかけだったか、ノエラさんと余のどちらの足が速いのかという話になったんです」

「どういう話をしてたんだよ」

呆れているおれは、エジルに続きを訊いた。

休憩中、足の速さを比べるため駆けっこをしたらしく、エジルはノエラに惨敗したという。

「ああ、それであんな態度に……」

「余も現役の魔王です。それなりに自信があったのですが、なかなかどうして、ノエラさんには敵わず」

「ノエラは、半分狼だから、自分よりも強い能力に大してはリスペクトを持つところがある。人格がどうとか関係なく。逆に言えば、自分以下なら、まるで相手にしないところがある」

おれが相手だと、触るも撫でるも、何をしてもオッケーのデレデレワンコ状態だけど、生理的に無理らしいエジルが相手で、しかも自分以下の能力であるならあの距離感も納得だった。

「先生！　余はノエラさんに駆けっこで勝ちたいです！」

てか、駆けっこでなくても、魔法能力を見せてやれば一発だと思うだけどな。

魔王だから、そこらへんじゃまずお目にかかれないような特殊な魔法も使えるし。

「勝たなくても、エジルはエジルのいいところがあるから、そんなことをしなくても……」

「あの約束がまだ生きているので、何が何でも駆けっこで勝利したいのです」

「約束？」

「はい。余が駆けっこで勝ったらノエラさんの尻尾をモフらせてもらうという約束です」

下心ありきのモチベーションだったか。

「その手の魔法を使えば、すぐじゃないの？　あるのかはわからないけど」

「魔法は無しというルールですから」

「まあ、そりゃそうか」

エジルが周囲を確認して声を潜める。

「ですので、先生には内密に余の足が速くなるような薬を……」

「薬はいいのかよ」

「ええ。魔法ではないので」

ニヤりとエジルは悪い顔で笑う。

「そんな薬作らねえよ。おまえの欲望を満たすだけのズル薬なんて」

「先生。足が速くなる薬は、赤猫団という町の警護をする傭兵たちに持たせておけば、有事の際に駆けつける速度が大幅に上がります」

「一理ある……」

「兵は神速を貴ぶのです、先生」

それらしいこと言いやがって……。

町の警備を任されている赤猫団が所有している馬は二頭。普段馬を乗り回しているのは団長のアナベルさんくらいで、あとはみんな徒歩。

町の安全性が高まる薬だとすれば、作ったほうがいい薬でもある。

「……」

駆けっこでその薬を使えば、完全にドーピング。

あ、でも……ガチのノエラといい勝負をするかもしれない。

ノエラがエジルと仕事をしたがらないとなると、こっちもシフトを考えるのが面倒になる。

ノエラの態度を軟化させるきっかけになる、か。

「わかった。いいだろう」

「さすが先生！」

おだてるエジルに、「仕事のほうは頼むぞ」と言い残して店を出ていく。

創薬室に入ると、足が速くなる薬作りをはじめる。

エジルはあれで真面目だし仕事ができるから、今となってはいなくなると困る人材でもあった。困ったとき、おれの相談相手にもなってくれるし。

その献身性におれも報いてあげようと思った。

「できた！」

【シューティングラン：一時的に敏捷性が向上し、身動きが素早くなる】

身動きが素早くなる、だから、店がめちゃくちゃ忙しいときや、在庫を大急ぎで作りたいときもこれを使えば通常の何倍も速く動けるはずだ。

さっそく新薬をひと口飲んで、創薬の片づけをしていく。

シュバババババババババ！

は、速い……！　おれがおれじゃないみたいだ……！　こんなに素早く動けるなんて……！

普段五分ほどかかる後片づけが、三〇秒もかからずに終わった。

「これは、もしかするとノエラも負けるんじゃないか？」

地面を走る能力でノエラが負ける姿は想像できないけど、もしかすると、もしかするかもな。

新薬を持って店に戻ると、外の掃除を終えたノエラとエジルが、在庫のチェックと補充をしていた。

「ノエラさん、この前の約束、忘れてませんよね」

「……る。ノエラ、駆けっこ、負けない」

「そうやってツンツンしてられるのも、今のうちですよ！　そのモフモフは、すぐに余のものとなるんですから！」

ゲス顔で笑うエジル。魔王っていうか、小悪党だった。

「吠えたいだけ、吠えるといい」

ほぼ犬みたいなやつがそれを言うか。

おれが戻ってきたことにエジルが気づいた。

作った【シューティンググラン】を見せてやると、喜色満面といった表情を浮かべたエジルは、キリリと表情を変えた。

「ノエラさん、もう一度余と勝負してください！」

「何度やっても、同じ」

「逃げるんですか？」

「……」

やれやれ、と言いたげに、ノエラはため息交じりに首を横に振った。

「懲りない男……」

なんか、ノエラがイイ女ぶってる。

そのセリフでその仕草をやっていいのは、ミステリアスな美女だけなんだぞ（偏見）。

「前回と条件は同じです。余が勝てば、死ぬほどモフモフさせてもらう。それでいいですね」

「わかた」

そこでおれはようやく口を挟んだ。

「ノエラは、勝ったら何を要求するんだ？」

「あ。あるじ。ノエラ、何も。エジルからは、何も要らない」

相手に何も望まないって、エジルに対してほぼ無関心ってことの表れだから、ノエラの心理的距離がどれほどなのかよくわかる。

「勝っても、虚しいだけ」

王者の孤独を語るノエラだった。

ノエラは駆けっこ界のどういう存在なんだよ。

ノエラがくいっと指を外に向けて差す。表に出ろってことらしく、エジルがマジの顔でうなずいた。

「先生、できたんですね」

「ああ。これだ。これを飲めば、敏捷性が大幅に向上。素早く動ける」

勝ちを確信したエジルは【シューティングラン】をおれから両手で大事そうに受け取る。

「ありがたき、幸せ」

使い方が違うと思うけど、まあいいか。

店の前の原っぱにおれたちは出ると、スタートとゴールの位置をざっくりと決めた。

エジルは片手を腰にやり、【シューティングラン】をごきゅごきゅ、と喉を鳴らして飲んだ。

「むはぁ～」

口元をぐいっと拭い、瓶を捨てる。

「ノエラさん余はしぇんしぇいに新薬を作ってもらいパワーアップしたのです余の走りを目の当たりにして腰を抜かすといいです」

薬の影響でめちゃくちゃ早口になっていた。

ウォームアップをするエジルは、やっぱり高速で準備体操をしたり、スタートの練習をしたりしている。

対してノエラは何もしない。

「あるじ、エジルの味方した」

不満げに唇を尖らせるノエラの頭をおれは撫でた。

「あいつも頑張ってるから、ちょっとくらい希望を叶えてやろうと思ってな」

「るう……」

不服そうにノエラは頬を膨らませている。可愛い。

「おれの薬を使ったエジルが相手じゃ、自信ないか？」

「ある」

「もしヤバそうになったら――」

おれはこそこそとノエラに耳打ちをする。

「るう……」

ノエラは小難しそうに表情を曇らせている。

奥の手ではあるけど、ノエラからするとそれでは捻じ伏せたことにならないんだろう。

「万が一の話だから」

「……わかた」

「さあやりましょうノエラさん」

スタート位置に素早くついたエジルが、ちょいちょい、と手招きをする。

「ノエラが王。駆けっこの、王」

ノエラが隣に並ぶと、エジルの鼻が高速でひくひくしはじめた。

……あ、シンプルに気持ち悪い。ノエラのニオイを全力で嗅いでるぞ、あれ。

スタートと勝敗判定をやることになったおれは、ゴール地点に移動する。

「この石を空に投げるから、それが地面に落ちた瞬間にスタートだ」

二人に言うと、同時にうなずいた。

「行くぞ――――！」

おれは持っていた石を空に投げる。二秒ほどして地面にトン、と落ちた。

その瞬間、ノエラとエジルが遅れずにスタートを切った。

たたたたた、と軽やかな足運びのノエラに対して、エジルはシュバババと高速で足を動かしている。

「素晴らしい素晴らしいこれが先生の新薬！　ノエラさん見ていますか」

「るうううう！」

わずかにエジルが前に出るとゆっくり差が開きはじめた。

「ノエラ、負けない……！」

「ヌハハハハハハハハ！　ノエラすわぁぁぁぁぁぁああああん、何を、何を言っているんですか！　それじゃ余に追いつきませんよぉぉぉぉぉ！」

煽り全開のエジルは、余裕しゃくしゃくといった様子で高笑いしながら走っている。

悔しさに歯を食いしばったノエラと目が合う。

おれがうなずくと、ノエラも小さくうなずいた。

「るぅぅぅう！」

奥の手だ。

ノエラが薄《うっす》らと光り、狼へと姿を変えた。

「るぅ――――ッ！」

ズダダダダダダ、と狼ノエラが本気で走りはじめた。

「はへ？」

振り返ったエジルが、間の抜けた声を上げた。

余裕をこいていたせいもあり、その差が一気に縮まっていた。

「ぬうわぁにぃぃ～!?」

シュバババババ、と走るエジル。ズダダダダダ、とノエラも負けじと走る。

ほぼ横一線。

わずかにノエラの鼻先がゴールに到達するのが早かった。

勢いそのままおれにノエラが突っ込んできた。

「うぎゃあ」

「るう!?」

ぶつかると、おれはノエラに原っぱに押し倒される形となった。

そこでノエラは狼モードから人型に戻った。

「ほぎゃあ!?」

エジルは勢い余って木に激突していた。

「せ、先生……、どっちが――」

目を回してひっくり返っているエジルが言うと、起き上がったおれはノエラの手を取った。

「ノエラの勝利！」

「るぅうううう！」

ノエラが雄叫びを上げた。

「あるじに頼る、軟弱者。悪は滅びた」

「余、余の完敗です。似るなり焼くなり好きにしてください……」

少し考えるような間ができると、ノエラはエジルのほうへ近寄って手を差し出した。

「ん」

ぶっきらぼうに声を出すノエラを見て、エジルが感激している。

「ノエラさん、これは」

「ん」

ノエラの中にもスポーツマンシップが芽生えたんだな。ドーピング野郎を許すとは、成長したもんだ。

「余を、認めてくださるのですか」

「握手」

エジルは、立ち上がり頭についていた葉っぱを払いのけて、キメ顔を作った。

「いいでしょう。人間の世界でいう、友好の証でしたね、これは」

「ん」

がっしりと二人が握手をする。

「……っ」

爽やかなシーンなのに、エジルの様子がおかしい。

なんか、むずむずしているようだ。

「の、ノエラさんの手を、にぎ、握ってしまった……！」

目を血走らせ、鼻息を荒くして、感触をたしかめるように手をもにょもにょと動かしている。

ノエラの表情が、瞬く間に嫌悪で歪みはじめていた。

「この記憶と感触だけで、余はあと五〇年生きれる……」

「きもい」

ノエラはさらに手をぐっと握り、エジルを思いっきり振り回し放り投げた。

「ノエラさんんんんんんんんんんん!?」

「そういうところだぞ、エジル」

どこか遠くに吹き飛んだエジルにおれはつぶやいた。

「あるじ、仕事」

「ああ、そうだな」

バカは放っておいて帰ろう。

……このあと。

葉っぱや砂埃だらけのエジルが店に戻ってくると、ノエラの反応はいつも通り激塩対応だった。

けど、仕事中に交わす業務連絡的な会話は、普通にしていた。

ノエラも、必要とあらばしゃべるというビジネス対応を覚えたらしい。

「鬼ツンのノエラさんもやっぱりいいもんですね……先生」

握手をしてもらったことで、エジルのノエラ愛はさらに深まった。

ノエラがエジルに何か言えば、魔王軍は撤退するんじゃないかってくらいエジルはチョロかった。

6　領民運動大会1

「エジル、店番よろしくな」

「はい、お任せください！」

ビシっと敬礼をするエジルに店を任せて、おれとノエラは町のほうへ向かった。

あの運動大会のチラシはそこら中に配られていたらしく、商工会メンバーで集まり代表者を決めることになったのだ。

「こんにちはー」

「ちは」

二人で商工会議所へ入ると、以前【カルタテント】を作ったときと同じメンバーがすでに揃っていた。

「薬屋さんが来たので、はじめましょうか」

長机を前にした商工会メンバーは、例外なく司令官ポーズで、いつも以上に顔が険しい。

作画のタッチが違うんじゃないかってくらいの差がある。

「レーくん、遅いよ。何してたの」

道具屋のポーラがちくりと言った。

「悪い」

ポーラもタッチがいつもと違う。顔の陰影が濃い。

ガチなんだな。

空きを見つけたおれは、席につく。ノエラの席がなかったので、膝に乗せた。

「るるぅ♪　あるじの膝ぁ〜」

「尻尾が邪魔で前が見えん……」

モフモフの尻尾を避けて視界を確保。

「みんなのところにチラシが入っていたと思うけど、カルタは本気で勝ちに行くよ……！」

議長役をするのはポーラだった。

まあ、賞金に目がくらんだんだろう。

総合優勝はなんと三〇〇万リン。

バルガス伯爵、太っ腹すぎる。

他のメンバーも異論はないようで、彫りが深くなった真剣な顔でうなずいている。

「そこで、各種目ごとに代表者を選ぼうと思うんだけど、推薦したい人はいる？」

今朝うちに入っていたチラシと同じものが机にあったので、再度目を通す。

短距離走、短距離走×４のリレー、樽の遠投、弓の射的、格闘技の五種目。

運動会っていうよりも、オリンピックに近い種目だった。

参加者の出場条件は、各地域の関係者であること。在住か否かは問わないそうだ。

だから、ビビやエジルも範囲に含まれる。

短距離走なら……。

「短距離走は、ノエラを推薦したいんですけど、いいですか？」

おれが周囲に言うと、注目が集まった。

「ノエラは人狼で」

町でたまにワンちゃんとか言われるので、ノエラはおれがはっきり明言したことに満足そうだった。

「狼の姿になることができるので、かなり速いです」

おぉ、と周囲から感嘆の声が上がった。

「たしかに……ノエラちゃんならやってくれるかもしれない。異論がある方は？」

議長のポーラが訊くと、一様に首を横に振った。

「よし。短距離走は、ノエラちゃんにお願いしよう」

「るー！　ノエラ、がんばる！」

わっさわっさとノエラが高速で尻尾を振った。

「あるじ、ノエラ、いいとこ見せる」

「頼もしいな」

おれがノエラを撫でていると、他の競技者の推薦が続々と出た。

「樽の遠投は、赤猫団のドズがいいだろう」

「弓の射的は、エルフのクルルはどうだ？」

「町の関係者ではないが、近隣の森出身だから参加資格はありそうだな」

「格闘技は、赤猫団のアナベル団長がいいだろう。女性だが、かなりやり手だというし」

こんな感じで議論が白熱していき、続々と代表者が決まっていった。

うちのキリオドラッグからは、ノエラが短距離走代表に選出。リレーにはノエラとエジルが選ばれた。

「総合優勝した場合、また町おこしイベントをするときの資金にしようと思ってるんだけど、どうかな」

こういうときのポーラは頼りになる。ビジネスセンスがあるというか。

いつもは店に来て、店員たちと遊んだりおれと適当な雑談をするだけなのに。

「いいぜ。賞金を山分けするだけよりも、町おこしでお客さんを呼び込んだときのほうがリターンが大きい」

「そ。そゆこと」

なるほど、と周りの人たちがうなずく。

「レーくんも、おっけー？」

「うん、任せるよ」

「まあ、レーくんの薬使えば、運動大会なんて余裕だからね」

悪い顔をしてポーラは笑う。かけている眼鏡が光を反射してその奥が見えない。

「そういうのは無しな？　ちゃんとガチでやる。これが条件」

「なぁーんで？　勝ちたくないのー？」

「ズルしたくないってだけだよ」

えぇ～、とおれの薬をあてにしていたポーラはブーブーと文句を言っていた。

「ポーラ、ノエラ、ぶっちぎる。任せる」

ふんす、とスプリンターノエラが鼻息を荒くして胸を張った。

それから、代表者の補欠を決めて、決まったことを赤猫団に伝えるため、ノエラとポーラを伴い兵舎を訪れた。

「あー。薬神様、何かご用で？」

「薬神はやめてください。アナベルさんとドズさんいらっしゃいますか」

「ええ。今奥の会議室に。案内しますよ」

そう言う団員の後ろをおれたちはついて行き、会議室に入れてもらった。

「薬屋、どうした？」

「おや、レイジの兄貴と狼ちゃんと道具屋のねーちゃんじゃないですか」

アナベルさんとドズさんが、おれたちの急な来訪に目を丸くしていた。

おれは単刀直入に話を切り出す。

「チラシは見ましたか？」

「ああ。見たけど、それが？」

「商工会で話し合った結果、アナベルさんとドズさんは、代表者に選ばれました。アナベルさんは格闘技で、ドズさんは樽の遠投」

「アタシが？　ドズの野郎はまあわかるが、アタシは格闘だと大したことないぞ？」

「え。そうなんですか？」

あてが外れたな。

「いやいや姐さん……。謙遜はやめてくださいよ。姐さんの『お仕置きキック』を見切れる団員はいないじゃないですか」

お仕置きキック……。

「レーくんの前で強い女だと真っ直ぐに認めたくないっていう、乙女心だよ。わかってないなー」

と、ポーラが唇を尖らせる。

「いや、アタシは別にそういんじゃ……ねーし……」

声ちっちゃ。

くりん、くりん、と髪の毛を指先で弄ぶアナベルさんは、おれのほうを全然見ようとしない。

「姐さん、図星だったんですかい……。それはともかく、レイジの兄貴、姐さんは期待してもらって構いません」

「てめぇが言うなよ」

ゲシ、とアナベルさんがドズさんを蹴る。

「へへへ……すいやせん」

蹴られたドズさんは嬉しそうだった。

「ええっと……薬屋、あんま期待しねえでくれよ？　アタシは、そこらへんのやつに比べりゃ腕っぷしは強いが」

「大丈夫ですよ。こういう一種のお祭りなんで。勝っても負けても楽しければいいと思いますし」

「まあ……そう言ってくれるんなら、気が楽になるよ」

おれとアナベルさんを見比べたノエラが指摘した。

「赤いの、顔赤い」

「うっせえよ。赤くねえよ。どこがだよ」

「本当のことじゃん」

ポーラが言うと、「あぁん!?」とアナベルさんが目を吊り上げた。

「てわけで二人とも了承、と。楽しみだね、レーくん」

金に目が眩んでいるポーラは、ぐふふ、と変な笑い声をこぼしていた。

7　領民運動大会2

運動大会当日。

「みなさん、準備はいいですか？」

つばの広い帽子を被ったミナが、今朝作っていた弁当を入れたバスケットを手にしている。

キリオドラッグメンバーはすでに揃っていて、エジルもビビもノエラも準備万端だった。

ノエラが朝ごそごそしていたけど、内緒でミナと一緒に弁当を作っていたらしい。

可愛いところがあるモフ子だった。

向かう先は、領地の中心部分にある平原だった。そこで運動大会は開催される。

「うんどうたいかいっていうのは、何をするの？」

話をちゃんと聞いてなかったビビが尋ねてきた。

「走ったり投げたり、そういう競技を領民たちでやって一位を争うんだ」

「余とノエラさんが出るリレー……度肝を抜いてやりますよ。ねえ、ノエラさん！」

あれからエジルは、足が速いとモテると言ったおれの言葉を真に受けて、練習に励んでいた。

スタートの練習や、加速力をつけるための筋トレなどなど。

ノエラの気を引くため、涙ぐましい努力を積んでいた。

「ノエラ、誰にも負けない」

「ノエラさん、頑張ってくださいね」

「る！」

開催場所の平原が近づいてくると、各町や村から集まった代表選手やその応援の人たちがたくさん見えてきた。

「ククク……愚かなニンゲンどもめ……余とノエラさんの走力の前に震えるがいい！ハァーッハッハッハ！」

「こら。静かにしろ」

高笑いするエジルは、当然のように白い目で見られた。

エジル慣れしてない他の領民からすれば、イタイやつでしかないんだろう。

カルタの町の人たちが集まっているスペースを見つけて、おれたちはそこへ向かった。

「やあやあ。薬屋のみんな。調子はどう？」

汗だくになっているポーラがやってきた。

「準備？　なんかやることあった？」

「いやぁ、ええっと……ハハハ。気にしないで」

なんか誤魔化してるな、こいつ。

「競技がはじまるまで、みんなくつろいでてよ」

じゃあね、とポーラはぴゅーんと去っていった。

周りには町民のみんながいて、代表選手のノエラやエジルに声をかけていた。

「レイジ様ぁ～～～～！　ノエラさぁ～～～～～～ん！」

向かい側に、御大層な椅子に座るエレインとバルガス伯爵夫妻がいた。

三人とも執事やメイドが広げた大きなパラソルの下にいる。

「頑張ってくださいまし～～～～！」

「るぅ――――！」

手と尻尾が一緒に振られるノエラ。

おれもその隣でエレインに手を振った。

伯爵一家がいるところが大会本部らしい。その近くで、執事数名が顔を突き合わせて小難しい顔をしている。

何をしているのかと不思議に思っていると、大きなプラカードのようなものを掲げて大声で読み上げた。

「現在のオッズです。一番人気はフィールデンの町、２・４倍――」

どこが総合優勝するかで賭けが行われていたらしい。

どんどん人気領地とそのオッズが発表されていくけど、カルタの町はまだ呼ばれない。

「ラスト、八番人気はカルタの町、倍率は68・５倍――」

ダントツの人気最下位だった。七番人気が15倍だったというのを考えれば、誰も期待してないのがよくわかる。

「あぁ……ウチの町は、やっぱり冒険者が誰もいねえから」

るようだった。


「誰かいてくれればな……」

「ああ。余所は冒険者や体力自慢が多いみたいだし……あのオッズも仕方ないな」

そばにいた町民のみんなが口々に嘆いていた。

他の町や村は、冒険者や元冒険者だったり、腕っぷしに自信がある選手が代表に選ばれてい
……ポーラはあの優勝予想のギャンブル関係であれこれしてんだろう。

「レイジくん、あれ、どういう意味？」

この手のことには疎いビビが訊いてくる。ミナとノエラもわからなかったらしく、おれが話すのを待っていた。

「あれは、優勝予想の倍率で、たとえば、カルタの町に一〇〇リンを賭けて優勝したら、六八五〇リンになるっていう計算なんだ」

「そ、そんなに増えるんですか!?」

「す、すごいじゃないか！」

「る、る！　いっぱい、お金、もらえる」

ギャンブルしたことがない女子たちは大興奮だった。

「勝てばの話だよ。他が強いって思われているから、カルタの町は勝てないって思っている人が大多数ってことなんだ。カルタに賭けて結果が二位以下なら賭け金は戻らない」

「ノエラ、侮られている……！」

状況を理解したノエラが、静かに燃えていた。

「余が与《くみ》するカルタの町を知らぬとはな……！　カルタの町こそ大本命ということを、余とノエラさんが愚民どもに理解させてやりますよ」

ノエラはともかく、エジルは年相応の走力しかないから、場合によっちゃ逆に足を引っ張りそうだな。

そうなると、またノエラと溝ができそうだな……。

ありそう……。

「ボク、なけなしの五〇〇リンをカルタの町に賭けてくるよ！」

がま口財布を握りしめたビビがさっそく本部のほうへ行こうとする。

おれはその肩を掴んで止めた。

「あー、待て待て。なけなしなら余計にやめておけ。せめて一〇〇リンとかにしておこう」

「えー？　五〇〇リンなら一〇〇リンの五倍なんだよ、レイジくん」

「負けたときのことを考えろよ。なくなるんだぞ、全部」

はぁーい、と納得いってなさそうな顔で返事をするビビは、とことこと本部のほうへ行った。

バルガス伯爵が席を立ち、おーっほん、とわざとらしい咳払いをする。

「今日は、我が領地の民たちよ、よくぞ集まってくれた！　今日開催するのは、運動大会。負けても恨まない。勝ってもイキらない。そういう爽やかな大会にしようではないか！」

勝ってもイキらない……貴族のくせにいいこと言うな。

わーっと会場全体から拍手が送られる。おれや他のメンバーも拍手をした。

「では、最初の競技――短距離走からはじめようではないか！」

興奮気味のノエラがむふーっと鼻から息を吐き出した。

「あるじ」

「おう。行ってこいノエラ！」

「るっ」

「ノエラさん、頑張ってください！」

「余は、ノエラさんだけを見ています……」

エジルが応援とストーキングの間みたいな発言をしている。

進行役の執事が、代表者は所定の位置に集まるように、とアナウンスしていた。

「いてくる」

おれたちがノエラを見送ったあたりで、ドスドス、と大きな足音が聞こえてきた。

「レイジの兄貴！」

「ああ、ドズさん。どうしたんですか。血相を変えて」

「姐さんが、姐さんが――！」

「アナベルさんが、どうかしたんですか？」

おれは肩で息をするドズさんに尋ねる。

「団長さん、どうかしたの？」

ビビが続けて訊くと、ドズさんは首を振った。

「姐さんは……。今日、来られません……！」

ま、まさか……、カルタの町を陥れようとする罠にかかってしまったんじゃ――。

優勝予想ギャンブルが行われているんだから、汚い手を使うやつがいたって不思議じゃない。

アナベルさんが格闘技の代表だとどこかで漏れていたんだ。

「まさか、アナベルさん――違う町が仕掛けた卑劣な罠に」

「弁当を持っていこうとして、それを味見したら」

「べ、弁当？」

ぼん、とドズさんは爆弾が爆発みたいな表現を手でする。

「姐さんが、ドジっ子すぎて……弁当の味見をして……」

ドズさんが思い出し笑いをしている。

「……」

陰謀とかそんなの、全然なかった。

アナベルさんのただの自爆だった。

「なんだ、よかった……」

胸を撫でおろしたおれは、ハハハハハ、とドズさんは笑い合う。

「いや、よくないな⁉」

ふとおれは冷静になった。

「ってことは、誰か代役を立てないと」

「ええ。それをお願いするために、町から急いできたんでさぁ」

「おーい、ポーラ、ポーラ！」

あちこちをうろついていたポーラを見つけると、さっきの話を聞いていた商工会の数人と代役を誰にするか話し合うことにした。

「どしたん、レーくん」

「いや、それが……」

ドズさんがしてくれた説明をおれがすると、ぷるぷるとポーラが震えた。

「な、ん、だ、と……!?」

悲壮感溢れる表情でポーラは頭を抱えた。

「ウチ、カルタの町に有り金全部突っ込んでるんだよ!?　あーちゃんが来れないなんて……」

「なんでそんな賭け方するんだよ」

おれが呆れていると、ポーラはさっきまでの奔走を語った。

「オッズを上げるために、カルタの町をネガキャンしまくったのに！　思った通りみんなそれを信じてカルタ以外に賭けてくれたっていうのに！　全部台無しだよっ！」

いや、何してんだよ。だから汗だくだったのか。

ポーラは地団駄を踏みながら魂の叫びを上げた。

「何弁当作ってんだよっ！　何レーくんに女子力あるところ見せようとしてんだよっ！　女子

力担当はミナちゃんなんだから任せておけよそんなのっ！　慣れないことすんなよっ！　ふざけんなよっ！　ウチ、破滅しちゃうよ！」

……自業自得としか言えない。

ぎゃーすかと喚くポーラを、おれや他の商工会の人たちは慣れた様子で見守っていた。

ポーラの危機感はまるで伝わらなかった。

「棄権するか、誰か代役を立ててるかだけど」

「代役！　決まってんじゃん！」

ポーラが即答した。

「誰にするか、それを話し合おうと」

「大丈夫、ウチ、一人あてがある」

誰だろう。集まった商工会メンバーと顔を見合わせるけど、誰もピンとこないようだった。

赤猫団の誰かだろうか。

「アナちゃんとタメを張れる存在で……唯一無二のライバル……」

まさか……。

ポーラがビシっと一点を指差した。

その先にはミナがいて、ビビと一緒にお茶をすすって和んでいた。

「ノエラさん一着になるといいですねぇ〜」

「だねぇ」

あの空間だけピクニック状態で、ぽやぽやの平和ムードが溢れている。

「いやいやいや、待て待て待て待て。ミナは無理だろ」

「いいや。ウチの目が正しければミナちゃんはイケるよ」

「イケねえだろ、ミナは」

格闘技なんてやったこともないだろうし。経験があるのはダイエットくらいだ。

おれたちがそばで騒いでいるのに、ミナも気づいた。

「どうかしましたか？」

「ミナちゃん！　ドジっ子あーちゃんが今日来られなくなったから、代わりに格闘技の種目出てほしいんだ！」

「えぇぇぇぇぇぇ〜!?」

そりゃ仰天するだろうよ。おれたちだってミナにそんなことができるとは思っていないし。

「優勝しろとは言わない。せめて三位に入って……！」

血走った目をするポーラがミナの肩を掴んで圧をかける。

「ええっと……三位までなら町に得点が入るんでしたっけ」

「そう！　この運動大会でカルタの町が優勝しないと、ウチ、破滅しちゃう……」

「は、破滅、ですか？」

「ミナ、本気に取り合わなくていいぞ？　こいつが悪いんだし」

おれは困っているミナに助け船を出す。

「破滅したら、ウチ、体を売ることになる。レーくんは、それが楽しみなんだね……」

ポーラの目が死んでいた。

「なわけねえだろ」

「もしそうなったら……サービスいっぱいするから、指名してね……」

「レイジさん」

汚い物を見るような目で、ミナがおれを見つめていた。

「なんでおれがそんな目で見られなくちゃいけないんだよ」

「レイジさん、そんなことを楽しみにしているんですね……」

「してねえよ。ミナだって、危ない競技に出たいわけじゃないだろ？」

「そうですけど、ポーラさんがこんなに困っていますし、わたしにできることでしたら、協力してあげたいなと思っています」

「ミナちゅわぁ～ん」

ポーラがミナに抱き着いた。

よしよし、とミナがポーラの頭を撫でる。

ミナの母性が変な方向に作用しちまったな……。

ミナに変な勘違いをされたままでいるのも嫌だし……。

「仕方ないな。おれも協力してあげるよ」

「レイジさん！」

「レーくん！」

まったく。

おれは頭をかきながら、鞄の中を探る。

今日使えそうな薬を持ってきているけど、なんか役に立つものあったっけな。

【冷却ジェル】……これは涼むためでもあるし、熱中症対策。【ポーション】は怪我をしたとき用で……【腹痛薬】も常備薬として持ってきた。

あとは【日焼け防止ジェル】……【ブラックポーション】は食後に飲むためだし……。

こうやっておれは鞄の中身を出していった。

使うつもりはなかったけど念のため持ってきたものがあった。

けど、これを使えば間違いないはず。

完全にドーピングだけど、ポーラと『仲良く』するとミナに変な勘違いをされたままでいるほうが問題だ。

競技の状況によっては、一位になっても焼け石に水状態になることもあるだろうし、ミナの格闘技が明暗を分けることなんてそうそうないだろう。

「作戦名『蝶舞蜂刺（フライング・ビー）』。ミナ、やれるか」

「もちろんです！」

「いい返事だ」

ポーラを助けるためめっていう使命感に溢れていた。

8　領民運動大会3

「あるじぃー！」

　ノエラに呼ばれて、声がするほうを見ると、ノエラがスタート地点で手を振っていた。

　おれも大きく手を振り返す。

「ノエラさん、がんばってくださぃー！」

「ノエラちゃん！　絶対一位取ってね！　ウチ、ここは間違いなく取れる競技だって計算してんだから！」

　ポーラは欲望に真っ直ぐすぎるんだよ。

るー、とまとめてノエラが返事をする。

「短距離走の部……いよいよ競技者がスタート位置につきます」

　実況をしてくれる執事が説明をした。

「やはり、大本命はカルタの町代表のノエラ選手でしょうか、お嬢様」

「そうですわね。ノエラさんは人狼です。他の方とは脚力が段違いですから」

　解説役にエレインが入ってあれこれ言っている。

「しかし、大会ルール上、人の姿でスタートすることが決められています。そのあたりの影響はいかがでしょう」

「他の殿方よりも小柄なノエラさんは、まともに走れば圧倒的に不利ですわ。いつ狼に変身するのか、それが勝敗を大きく左右するでしょう。逆に言えば、それまで他の参加者はどれだけ引き離せるかが鍵となりますわ」

「さあ、健脚ぞろいの短距離走。果たして前評判を覆す選手は現れるのか――！」

その場で小さく跳ねるノエラが、手首や足首をぷらぷらさせて体をほぐしている。

ゴール位置にいる大会役員の執事が、準備が整ったことを示すように小さな旗を上げた。

選手が位置につき、会場が緊張感に包まれた。

スタート担当の大会役員が旗を上げる。会場のざわつきが静まり、スタートの合図にみんなが耳を傾ける。

「位置について――よーい……」

ばさっと旗が振り下ろされた瞬間、選手が一斉にスタートを切った。

けど、ノエラだけが他よりワンテンポ出遅れている。

この競技は一〇〇メートル。この出遅れは致命的だった。

「るぅぅ……！」

ノエラが歯を食いしばるけど、他の選手は大人の男性。小柄なノエラとは歩幅がまるで違う。

速度を上げるけど、なかなか差を縮められないでいた。

「るっ！」

奥の手を使うことにしたノエラの体が光ると、すぐに白銀の狼が現れた。

会場がどよめくと、狼ノエラは四本の足でぐんぐんと速度を上げる。

そして、ゴールテープを切った。わぁわぁ、と歓声が響く。

こっちから見ると、ノエラは一着に見えた。余裕とまではいかないけど、なんとか一着で
ゴールテープを切ったように見えた。

「一着は――ウォーロン、二着はカルター――」

あれ。一着じゃないのか。

「ボク、ノエラちゃんが一着だとばかり」

「わたしもです」

「余もです。先生、時を戻してきましょうか？」

「さらりとすごいことをしようとすんな」

……てかそんなことできるのかよ。

みんなが首をかしげているけど、角度によるのかもしれない。

ウォーロンの町民たちがいるスペースは大盛り上がりだった。

しょんぼりしたノエラが戻ってきた。

「あるじ、負けた……」

「うん。でも、頑張ったな」

「るっ。ノエラ、精一杯やった」

「ならよし」

もふもふ、と頭を撫でていると、ポーラはそばでギリギリと歯ぎしりをしていた。

「やりやがったな。やったな、アレ。絶対やったな？」

恨めしそうにウォーロンの町民たちを睨んでいる。

やったなって、何を言ってるんだろう。

「暴いてやる……」

不穏な言葉を残してポーラが去っていった。

「次の種目は、樽投げです。参加予定者は、所定の位置へ集合してください」

これはドズさんが出場予定の種目だった。

行ってきます、と野太い声を発して、のっしのっしと巨体を揺らしてドズさんは準備に入った。

大会唯一のパワー系種目。

結果的に、ドズさんは四位に終わり、得点が入ることはなかった。

けど、短距離走と同じくらい盛り上がった。樽って、空《から》でも結構重いのに、数十メートル放り投げる屈強な巨漢が何人もいた。

今回も、僅差でウォーロンの町が一位となった。

「る。マッチョすごい」

「ノエラさん、余もあれくらい魔法を使えば」

「ズル、だめ」

「……はい」

次は弓で射的。カルタの町からはエルフのクルルさんが出場予定だった。

「レイジちゃん……ついに、ボクのイイトコロを見せるときがきたようだね」

キメ顔で、カッコつけまくるクルルさんだったけど、風の影響もあり最下位に終わった。

結果を受けたクルルさんは、すげー男前なのに、呆然と鼻水垂らして心ここにあらずといった様子で、とぼとぼと帰っていった。

大会も折り返し、昼休憩に入る。

ミナとノエラが作ってきてくれた弁当を食べていると、ポーラが勢いよく駆け込んできた。

「レーくん、レーくん、あいつらやってるよ！」

「なんだよ、騒がしいな。やってるって、何を？」

「ウォーロンの町のやつだよ！　審判買収してやがった……！」

ポーラは眉間に皺を作っていた。

「その手があったとは……」

「おい。思いついても使うな。そんな手」

話を聞くと、審判役をする執事数人に、ウォーロンの町長がお金を渡して有利な判定をするように持ちかけていたらしい。それをポーラが物陰から目撃したそうだ。

「ククク……いいだろう。不正をしてもなお倒せない男がここにいると、知らしめてやるときがきたようだな！」

バサっとマントを鳴らしたエジルは、主人公みたいなことを言う。

カッコつけているところ悪いけど、おにぎりの米粒、口の横についてるぞ。

「ノエラ、リベンジ。負けない」

「ノエラさんもエジルさんもファイトですよ〜」

「ミナちゃん、そろそろ格闘技の準備しないとじゃ……？」

「ああ、そうでしたね」

洗濯物を取り込み忘れていたかのようなミナは、お気楽な様子でぱちんと手を合わせた。

「大丈夫かな、ミナちゃん」

とビビが心配そうだった。

「勝つよ。ミナは」

「えぇ？　本当に？」

ビビはおれの言葉に半信半疑の様子だった。

審判を買収しているんなら、こっちも薬を使いやすくなるってもんだ。

格闘技は、武器なしの打撃、締め技、寝技有りの総合格闘技みたいな戦いだ。

普段のミナから想像できないくらい真逆の競技だけど、おれの薬があれば勝算は十分にある。

そして、午後最初の競技、短距離リレー走のアナウンスがあった。

うちからは、ノエラとエジルが出場予定で二人とも気合い十分だった。

エジルは第三走者、ノエラはアンカー。

スタートが切られ、五位でエジルにバトンが渡った。

「フーッハッハッハッハ！　愚かなニンゲンどもに、余の力の一端を見せつけてやろう！　ひれ伏すがいいッ！　ハッハッハッハッハ！」

快足を飛ばす魔王。

ズベシャン！　と派手にこけた。

ひれ伏したのおまえのほうじゃねえか。

「る――――!?」

ノエラもびっくり。

「「「あ」」」

カルタの町民たちから、終わった……と諦めの声が上がった。それが一文字に込められていた。

「ククク……クク……………う、うぅ……っ」

な、泣いとる!?

半べそのエジルは、どうにかノエラにバトンを繋いだ。

最下位からどうにかまくったノエラだったけど、さすがに一位までは届かず、三位でリレーを終えた。

「よ、余は情けない……あんなタイミングでズベシャンとやってしまうなど……！」

悔しさに打ち震えるエジルに、ノエラが肩を叩いた。

「ノエラさん……？」

「一生懸命、走らないと、コケない」

お。珍しくいいことを言った。

「エジル、一生懸命だった」

「それは、余のことが、好きということですか？」

「違う」

ノエラのひと言で、エジルは失敗から立ち直った。ハンカチを噛んでいるポーラには、破滅の足音が聞こえてきたらしく、泣きたいのか怒りたいのかわからない、ぐにゃぁという絶妙な表情をしている。

得点表を見てビビがつぶやく。

「あとは、ミナちゃんの格闘技しか……でも、もう一位には届かないね……。レイジくんに言われた通り、賭けたのは一〇〇リンで正解だったよ」

今のところ、トップはウォーロンの町。

審判を買収した効果もあり、全種目で一位となっていた。

9　領民運動大会4

おーっほん、とバルガス伯爵が咳払いをして注目を集めた。

「さて、今大会最後の種目となる、皆も楽しみにしているであろう格闘技だが……なんと、一位は、得点一〇〇倍！」

次で一位になった町が優勝となる、バラエティ番組みたいなノリをはじめた。

一位以外が確定した町は大いに盛り上がり、一位の可能性がある町はブーイングの嵐だった。

とくにウォーロンの町から大きな非難があったけど、バルガス伯爵は動じなかった。

「はぁ？　私が主催者だが？　ならば、私がルールであろう。この大会において、私が白と言えば、カラスも黒になるのだが？」

めちゃくちゃ開き直っていた。

「そんなにブーイングするなら、優勝しても賞金は出さないが？」

子供みたいな意地の悪いことを言いはじめると、ブーイングがすぐに収まる。

この大会において、バルガス伯爵は神にも等しい存在だった。

けど、こっちとしてはありがたい。

「レーくん、これをミナちゃんに。きっと力になってくれるはず」

紙袋をポーラに渡された。中を見ると、競技で着るためのウェアが入っていた。

「わかった。――ミナ、打ち合わせをしよう」

そういっておれはミナを連れ出した。

格闘技用の簡易ステージが中央にどんどん建てられている。

あと二〇分くらいで出来上がりそうだ。

集まった他の参加者は、腕に覚えがありそうな屈強な男の人ばかりだった。

「男の人ばかりですね、レイジさん」

「そうだな。負けてもいいと思っていたけど、審判を買収するような町には負けたくない」

「それはわたしも同意見です」

「ポーラが持ってきたウェアだ。これを」

おれは紙袋をミナに渡す。

きょろきょろ、と周囲を見回したミナは、着替えブースを見つけてそこに向かい、カーテンを閉めた。

しばらくすると――。

「れ、レイジさーん？　これでいいんでしょうか……？」

声が聞こえてきたのでそっちへ向かうと、ミナがカーテンで仕切られた中から出てきた。

ウェアは上下セパレートの水着で、やたら布面積が少ない。

おれは直視できずに目をそらした。

「いろいろと出ちゃってます……っ」

頬を赤くするミナは、腰を捻りながら腕で胸やお腹のあたりを隠そうとした。

それが余計にセクシーに見えた。

「あ。紙袋の中にメモがある」

おれが畳まれていたメモを開くと、ミナも覗き込んだ。

『勝負服。すなわち、能力を最大限活かすことのできる服。ウチの目に間違いがなければ、ミナちゃんはこれで勝てるはず！』

いや、能力っていうか、魅力というか。

たしかに最大限引き出してはいると思うけど。

「これなら……普段着でもいいと思うよ」

「いえ。ポーラさんが用意してくれましたし、勝率が少しでも上がるのなら……！」

勝率、上がるか？

いや、上がるか……。このセクシー戦士を真正面から直視できる男は、世界広しといえど何人もいないだろう。

「わかった。ミナがその気ならもう何も言うまい」

おれはミナに上着をかけて、パンチンググローブを手に嵌《は》めてあげた。

わあっと会場から歓声が上がった。どうやら、ステージの完成が宣言されたらしい。

トーナメント表では、ミナは第四試合。

大げさなキャッチフレーズと共に選手が紹介され、第一試合、第二試合と消化していく。

歓声や雄叫びが聞こえてくる中、ミナはぼすぼす、とグローブ同士をぶつけて静かにそのときを待っている。

「ミナ、そろそろこれを」

「はい」

おれは秘策の薬を二種類ミナに渡した。

この薬があれば大丈夫なはずだ。

それらをミナがぐいっと飲み干す。

「また審判が買収されているかもしれない。誰が見てもわかりやすい結果を示すしかない」

「ぶっ倒せばいいんですね！」

「うん！」

そして、第四試合の選手呼び込みがはじまった。

「さあ、続いて第四試合をはじめたいと思います！　赤コーナー、熊を絞め殺したという逸話を持つ男――ロックゼンの村より――ハワァァァァァドォォォォウゥ」

「ウォオオ！」

ゴツい男がリングに入ると雄叫びを上げた。

「青コーナー……家事は万能、愛嬌一〇〇点、ママにしたい少女ナンバーワン！　カルタの町より――ミィイナァァァァァァァァァァ」

ぺしぺし、とおれはミナの肩を叩いて、リングまで連れて行く。

「行ってきます」

「おう！」

リングインすると、ミナが上着を脱ぐ。

あの面積少なめのほぼ裸に近い水着が観衆に晒された。

おぉぉ……、とよくわからない感嘆の声が周囲から漏れ聞こえる。

「だ、ダイエット頑張っててよかったです……！」

ぷよぷよだと、人目に晒すのは抵抗あるんだな。

……いや、そこじゃないだろ。気にするのは布面積の小ささだろ。

向かい合ったミナとハワード。レフェリーがルールを改めて説明する。

その間、ハワードはミナの体をチラチラ見ては目をそらしている。レフェリーも、前の試合
まで説明が流暢だったのに、噛んだりつっかえたりしている。ミナの姿を直視してしまったせ
いだろう。

ミナから、闘志のようなものがオーラとして目に見えた。

……薬を併用したせいか、変な効き方をしているな。

「無制限一本勝負――！　ファイッッッ！」

レフェリーが数歩下がって試合をスタートさせた。

「お嬢ちゃん、そんなエロい格好したってダメだぜ？　寝技で……がっちり組み合って、グフ
フ……」

もう、相手はエロいことしか考えられなくなっていた。

「わたしに、触れられるとでも思ってるんですか」

戦わない二人にレフェリーが注意をした。

「――試合中だ。しゃべらないで。……おッパイッ！」

おい、レフェリー、最後のところ「ファイッ」だろ。

どこ見てるかわかりやすすぎるだろ。

対男性において、あの勝負服とやらがここまで効力を発揮するとは……。

「行くぜェ！」

ドドドド、とミナを組み伏せようとするハワードが突っ込んでくる。

「捕まえたぁぁぁぁ」

声を上げたハワードだったけど、一人でリングに飛び込む結果となった。

ミナの動きは、おれの予想よりも遥かに速かった。

この前エジルのために作った【シューティングラン】を飲んでいるおかげだろう。

「な、に……!?　いないッ」

「わたしの残像です」

残像!?　そんなの見えてたの!?

「次こそ押し倒して揉む！」

目的変わってんじゃねえか。

また突進するハワードをミナはひらりとかわす。

その瞬間だった。

「えいっ」

ドゴォォォンッ！　と大砲でも放ったかのような轟音が響くと、ハワードは白目を向いて大の字になって倒れた。

「な、なんだあのパワーは!?」

「一撃だ！　カウンターで一撃！」

「熊紋めのハワードを、ワンパンだと……!?」

以前作った【ストレンスアップ】のおかげだった。

一時的に物理攻撃力を大幅に上昇させる効果がある。

失神しているハワードを確認して、レフェリーがミナの腕を取って上げた。

「勝者、おっぱ……ミィィイナァァァァァァァ！」

まだ会場がどよめく中、カルタの町民たちがいる場所からは大きな歓声が送られていた。

あと、会場にいる女性陣からは「エロレフェリー死ね」という罵声も飛んでいた。

10　領民運動大会5

勝ち名乗りを受けて、もう試合は終わったはずなのに、ミナがリングを降りない。

「まあどうせ皆さん似たようなレベルでしょうし、残りの三人まとめてかかってきてください」

他の選手を挑発していた。

併用したせいで変な思考回路になってるな!?

「おいおい、お嬢ちゃんナメてんじゃねえぞ！」

「フッフッフ……俺たちを束にして敵うとでも？」

「エロい格好しやがって！　遠慮一切しねえからな!?」

気色ばんだ三人が、控え室から出てくる。

ミナは動じず、ちょいちょいと手招きしていた。

そして、人差し指を立てた。

「一〇秒あれば全員ぶっ倒せます」

一人を倒したことで、ミナが完全に自信をつけてしまった。

バーサーカーミナの暴走が止まらない。

ぽややぁ～んとした普段の雰囲気は一変して、目を吊り上げて殺気を外に噴出させていた。

こんなことになるとは……。

ミナは何かと薬の影響を受けやすいらしい。前もギャルになったし、その前はブラックな心情を垂れ流してたりした。

ノエラとビビが抱き合って震えているのが見える。

「——まとめてかかってこいやぁぁぁぁぁぁぁあ！」

「「「うぉぉぉぉぉお！」」」

男たちが全員リングに上がりミナと対峙する。

ミナは有言実行をしてみせ、かかってきた男たちに重いパンチを繰り出して、直撃させまくった。

「ほげえ!?」

「ぶほっ!?」

「きゃいん!?」

顔面にパンチが直撃した一人は錐揉《きりも》みしながら吹き飛んだ。

もう一人は、腹部にパンチを受けて、体がくの字に折り曲がり悶絶して膝から崩れた。

三人目は顎にパンチが直撃し、白目を剥くとうつ伏せに倒れた。

「ラストぉぉぉ！」

いや、もう三人倒して……。

と、思ったらバーサーカーミナはレフェリーに狙いを定めていた。

「いや私はただの審判で」

「えぇいッ！」

「おぶはっ!?」

ドドドドとラッシュを受けて審判はタコ殴りにされていた。

なんなら、一番ひどい状態だった。

ミナをエロい目で見続けたバツだと思えば、まあ納得はいく。

リングで立っている者は誰もおらず、ミナは拳を宙に突き上げた。

会場が大きく沸いて、熱のこもった歓声が方々から聞こえる。

「ママにしたい少女ナンバーワンではなく、これは、カルタの悪魔です――！」

実況が上手いことこの惨状を表現した。

「ゆ、優勝は――カルタの町！」

こうして、初の領民運動大会は、バーサーカー化したミナのおかげで優勝できた。


「みなさん、わたしを見ると作り笑顔になってさっさと離れていっちゃうんです」

その日の夜。

従業員一同とポーラを加えて夕食を家で食べていると、帰り際のことを思い出したミナが不思議そうに首をかしげた。

どうやら、バーサーカー化したときの記憶はあまりないらしく、訊いたところによると一人目を倒したところから閉会式まで記憶が飛んでいるらしい。

「みなさんどうしたんでしょう」

全員だんまりだった。

「い、いやぁ、でもミナちゃんのおかげで、ウチはボロ儲かりしたし、すごい助かったよ！」

硬い笑顔でポーラがお礼を言う。

優勝賞金は商工会が預かることになり、ポーラが提案した通り、町おこしや他のイベントごとの予算として使っていく方針だった。

「ま、ボロ儲かりって言っても、賞金ほどもリターンはなかったんだけどね」

ハハハ、とポーラは遠い目をして笑う。

全財産突っ込んだとか言っていたけど、それ自体大した額じゃなかったらしい。

「……ミナ、エッチだった」

ノエラがぽつりと言う。

「だ、だって、あれがウェアだと渡されたんです」

「でも、ミナちゃんカッコよかったよ。エッチな男たちをばっさばっさとやっつけていって」

ビビの目にはそんなふうに映ったらしい。

「レフェリーまでぶちのめすとは思わなかったがな」

ククク、とエジルが思い出し笑いをしている。

「あいつが買収された審判なんだ。一発じゃ足りないくらいだよ」

と、ポーラが肩をすくめた。

おまけにミナのおっぱいずっと見てたしな。一発じゃ足りないよな。

「先生、あの状態はどうやったのですか？」

ひそひそとエジルが尋ねてくる。

【ストレンスアップ】とこの前作った【シューティンググラン】を飲ませただけだ。そんな副次的な効果はないはずなんだけどな」

「あれは、ラストスタンドの魔法です」

「魔法じゃないって。ちなみに、どういう魔法なの」

「戦場に一人残って敵を倒していく、最後の最後に使う魔法です。術者の生命力や魔力は枯渇しますが、その分本来得られない能力が得られます」

「そんな物騒な薬じゃないはずなんだけどな」

「あれを飲んで兵を敵中に放り出せば、今回のように見境なく攻撃をして――」

味方がいると巻き添えを食らうからよくないけど、周りが敵だらけなら使えるってことか。

「だから、そういう薬じゃないって」

「そうですか。開発したのであれば、是非我が軍にほしかったのですが」

「作らないいし、作っても渡さないから」

ミナは一種のトランス状態だったんだと思う。

普段暴力的なことをしないミナが、大観衆の中で相手を倒して注目を浴びることに、ちょっとした快感を覚えてしまった。そこで上がりに上がったテンションがミナをバーサーカー化させたんじゃないかと今にして思う。

帰り際にノエラたちにはそうじゃないかと説明して、理解を得られたので、ミナを怖がることもなかった。

食事を終えると、ビビとエジルが帰り、疲れていたノエラがソファで眠ってしまった。

「じゃ、ウチも帰るね。借り作っちゃったし、レーくんなら一発くらい――」

「一発ってなんのだよ」

止めないと全部しゃべりそうだったので、おれは発言を遮った。

「な、なんでもない。じゃあね！」

ポーラが逃げるようにして帰っていった。

どうしたんだ。慌てて……。

「レイジさん……一発ってなんですか？」

後ろを見ると、ゴゴゴゴ、と今日見た闘志みたいなものがミナから出ていた。

「な、ナンダロウナ……」

だからポーラはさっさと帰ったのか。

「エッチなのはダメですからね！　レイジさん！」

あんな格好してた子が言うことか、それ。

11　ノエラの冒険

　ある日のことだった。

　ノエラが店番をしていると、いつもなら不足分をすぐに創薬して戻ってくるレイジが、今日は中々店に戻ってこない。

「る？　あるじー？」

　不思議になってカウンターから創薬室のほうへ声を上げてみるが、返事はない。

　首をかしげたノエラは、誰も来そうにないので創薬室のほうへ向かった。

「ああ、そうだった。『ツクヨミグサ』を切らしてたんだっけ……。他で代用できそうにないし困ったな」

　レイジがそう言っているのが聞こえてきた。

『ツクヨミグサ』は、森の中に生えている万年草で、ノエラもレイジと何度か採取しに行ったことがある。

「るるぅっ」

　ひとつノエラは思いついた。

　最近、レイジの評価ランキングでは、自分は下のほう。

　よく注意されるし、エジルとの諍《いさか》いが原因で、主人をいつも辟易《へきえき》させてしまっている。

エジルに関しては、向こうのほうが悪いと思っているのだが、レイジの手を煩《わずら》わせることになっているのは事実だった。

密かに採取してそっと渡せば……。

『あるじ。これ』

『え？「ツクヨミグサ」だ。一体どこから？』

『る。内緒』

『さすがノエラ！　気が利く！』

……と、なるに違いない。

「るるんっ♪」

ぶんぶんと尻尾を振りながら、ノエラはレイジへのサプライズを想像して満足そうにうなずいた。

「る……？」

待てよ、とノエラは準備をしようとしていた足を止める。

今ミナは買い物に出かけていて、今日はビビとエジルもいない。

レイジは今創薬中で、自分がいなくなれば店番をする者がいなくなってしまう。

「るう……」

虫除けグッズを自分に使う手を止めて、ノエラは考える。

そのときだった。

「ノエラさん、今日はお一人ですか」

シフトではないエジルが店に現れた。片手を背に隠していて、何か持っている。すんすん、と鼻を利かせると、持っているのは花だとわかった。

「る。今一人」

「ノエラさんに、これを！」

ぱっとエジルは一輪のバラをノエラに差し出した。

「要らん」

「ぐはぁあっ!?　超多忙な余が暇を見つけてそっと摘んできた野バラなのにっ」

大ダメージを受けたエジルが片膝をついてうずくまった。

……エジルは、今日本来店にいない。

「るふんっ」

エジルに頼んで摘んできてもらえれば、レイジも他の誰もエジルが採取したとは思わないだろう。

それを自分が採ってきたと言えば、誰も嘘だとわからない。

手柄独り占め作戦を思いついた。

「……」

少し考えてみて、ノエラの良心がその作戦を却下した。楽して評価を上げたいのではなく、レイジに頑張ったことを褒めてもらいたいのだ。

「エジル。店番、頼む」

「クックック……ノエラさん、余に頼みごととは……。高くつきますよ」

借りを作ってしまうのは癪《しゃく》だが、主人はきっちりしている性格。

素材を切らしている状態は珍しく、こんな機会はまたとない。

「しかしノエラさん、店番をほっぽり出してどこへ？」

「素材採取。あるじ、『ツクヨミグサ』切らしてた」

「先生が？　珍しい」

「だから、代わりに採ってくる」

「なるほど。でしたら、余が摘んできましょう」

「る……!?」

もしや、エジルも同じ考えなのでは、とノエラは警戒する。

接客には多少難があるが、要領がやたらよく、レイジにも気に入られているエジル。

彼が、自分が採取するはずの「ツクヨミグサ」を持っていけば、またレイジの中で株が上がってしまう。

「……いい。ノエラ、行く。店番、頼む」

「はぁ……わかりました」

使いかけの虫除けグッズ数種類を自分に使うノエラ。

これなら森の中でも虫に困らされることはないだろう。

「エジル。助かった。ありがと」

「ノエラさん、それは、余のことが好きということですか」

「違う」

そう言って、ノエラはリュックを背負い店を出ていき、厩舎にいるグリフォンのグリ子を連れ出した。

「きゅきゅ、きゅぉー?」

どこに行くのか、と言ってそうなので、「あるじ、助ける。ノエラ、頑張る」とだけグリ子に伝えた。

「きゅぉ……!」

それはいいことです、と言いたげなグリ子に、ノエラは乗った。

「あー、ノエラさん! ノエラさん!」

今まさに出発しようかというとき、エジルが店から顔を出した。

「そもそもの話なのですが、店番を任されていたのに、余がやっていたとなると、それはそれで問題なのでは――」

「……」

一理ある、とノエラはあっさりと認めた。

エジルがレイジに評価されているのは、こういう自分以外の立場になって物を考えられるところなのだろう。

「ノエラ、トイレ」

「わかりました。上手く誤魔化しておきますね！」

「るっ」

エジルは話がわかる男だった。

ぽんぽん、とグリ子の首筋を叩くと、意図を理解したグリ子が走りはじめ、スピードが出たところで翼を羽ばたかせた。

地上では見送りに出てきたエジルが手を振っていた。

グリ子で移動することを考えれば、採取して帰るまで三〇分もあれば十分。

「あるじ、『ツクヨミグサ』ある。喜ぶ！」

「きゅおー！」

グリ子は翼をバサバサと動かし、ノエラは尻尾をるんるんと上機嫌に振った。


いつもやってくる採取ポイント付近にグリ子に降りてもらう。

「るー。るー。るるる。あるじのるー。あるじ、喜ぶ、くさくさぁ」

てくてくと、歌いながら歩くノエラだったが、あっちこっち行ったり来たりを繰り返した。

「るーるー、……る？」

地面をさっきから見て探し回っているが、肝心のツクヨミグサが見当たらない。

　レイジは万年草だから、季節によって採れないということはない、と教えてくれたのだが……。

「草、ない……!?」

　そういえば、とレイジが前回ここに来て言ったセリフをノエラは思い出した。

『このあたりも採り尽くしたから、今度は別の場所を探さないとな』

　だから、しばらくここにはツクヨミグサは生えないのだ。

　だが、ここまで来たら手ぶらでは帰れない。

　もしそうしてしまったら、ただ店番をエジルに押しつけて森まで遊びにいっただけ、と思われてしまう。

　褒められるどころか、叱られてしまう。

「きゅーぉ」

「ぐ、グリ子、一緒、探す！」

　ポイントを変えることにしたノエラは、グリ子を引き連れて森の中を探し回ることにした。

……だが。

「ない」

「きゅぉ……」

　薬草畑があるが、よく使って、かつたくさん必要な薬草が育てられている。その中にツクヨミグサはない。

すんすん、と鼻を利かそうとしてみるが、様々なにおいが混じってしまっている。ツクヨミグサ自体も、においが強い植物ではないため余計にわからない。

目標にしていた時間はすでに大幅に過ぎている。

エジルも不審に思っている頃だろう。

「るう……」

柄にもなくため息をついて諦めかけていたときだった。

一頭の子鹿が横になり頭だけ起こしてこちらを見ていた。

目が合っても逃げない。

この手の動物は、ノエラを狼だと分類して一目散に逃げるが、この子鹿は違った。

「る……？」

不思議に思ってゆっくりと近づいてみると、わからなかっただけで、逃げようとはしていた。

よく見ると、足を怪我している。

はっとノエラは思いついた。

ガサゴソ、と鞄を漁り、水分補給用に持ってきていたポーションを取り出す。

「ノエラ、あるじにこれで助けられた。ノエラも」

瓶の蓋を開けて、警戒心をあらわにする子鹿の顔を押さえて口を開けさせる。

そこにゆっくりとポーションを流し込んだ。

すると、みるみるうちに怪我をした足が治っていく。

余った分はノエラがぐいっと飲み干した。

「きゅおきゅお！」

グリ子もノエラが怪我を治したことが嬉しそうだった。

何事もなかったかのように、子鹿はすっくと立ち上がる。

駆けていくと、一度ノエラを振り返った。

「るー」

手を振っているノエラをじいっと見つめて前を見て、またノエラに目線を戻す。

「ついてきて」

と言っているように感じた。

グリ子ほどコミュニケーションを取ったわけではないので、はっきりとはわからないが。

怖がらせないように、ゆっくりと近づいていくノエラとグリ子。

距離が縮まると、また子鹿は走り出し、ノエラとグリ子を待つ。

また距離が縮まると、どこかへ走り出す。

それを何度か繰り返していくと、小川を見つけた。湧き水が小さな川を作っていて、色んな動物や魔物の足あとがある。

「るっ！」

その水際に群生しているツクヨミグサを見つけた。

「るー♪」

ふりふり、と尻尾を振ったノエラは、いつも採っているのと同じ程度採取していく。

一度レイジに採りすぎを注意されたことがあったのだ。

なんでも『採りすぎると使いきれないかもしれないし、次に生えてくるまで時間がかかるから』と言っていた。

なるほど、あるじ、頭いい、と思ったことがあった。

あの子鹿は、採取しているノエラをじいっと見つめていた。

「ありがと」

ノエラがお礼を言うと、小さな耳がぴこぴこと動く。

こちらこそ、と言っているような気がした。

物陰から親らしき立派な鹿が現れ、子鹿は首筋に顔を寄せる。親鹿がノエラを一瞥《いちべつ》すると、二頭は去っていった。

「ノエラ、あるじした」

ノエラは誇らしげに胸を張った。

「きゅ？」

なんですかそれ、と言いたげにグリ子が目を丸くしている。

「グリ子、帰る。店番、エジルに任せたまま」

「きゅぉー」

ツクヨミグサを入れたリュックを背負い、ノエラはグリ子に乗って店へと帰っていった。

「ノエラをどうしたんだよ？」

「いえ、余は、ノエラさんに指一本触れていませんから！」

店に戻ると、エジルがレイジに詰め寄られていた。

「なんか変なことしたんだろ、どうせ」

「え、余はそんなことしませんよ？」

「冗談じゃなくて目がガチだから余計に怖いんだよなぁ……」

などと談笑をしていた。

「ああ、ノエラさん、お帰りなさい！」

「ノエラ、どこ行ってたんだ？」

ノエラはレイジにリュックを差し出した。

「あるじ、これ！　ノエラ、採ってきた！」

「これ……おぉ！　ツクヨミグサ！　どこから？」

「ノエラ、あるじした」

むふん、と得意満面のノエラはまた胸を張った。

「あるじした？　なんだそれ」

「森の中で、あるじした。そしたら、見つけられた」

褒められた興奮のまま大雑把にノエラが説明すると、レイジとエジルは顔を見合わせた。

「それでエジルが店番を」

「ええ……そういうわけです」

レイジも合点がいったらしく、目を細めている。

「ありがとうな、ノエラ」

「るーっ♪」

頭を撫でられ、ノエラは笑顔になった。

そこで、さっき二人が談笑していた光景を思い出した。

「あるじ。ノエラ、エジルより、気が利く」

「おれがエジルばっか重宝するから？」

「る」

いかにも、とノエラは大きくうなずく。

「ノエラ、デキる人狼。あるじ、ノエラ、もっと頼る」

「エジル、どうやらノエラは、おまえに店員として対抗心がめちゃくちゃあるらしい」

レイジが苦笑しながら言うと、なるほど、とエジルが真顔で言った。

「それはもう、余のことが好きなのでは」

「違う。全然違う」

ぶんぶんとノエラは首を振った。

「ノエラ、じゃあ店番はよろしく。エジルは、もう用がないんだったら帰れよ？」

「るー」

「はい。先生」

では、とエジルが転移魔法を発動させて、すぐにいなくなった。

「おれは作れなかった不足分を創薬してこようかな」

「あるじ、ノエラ、デキる人狼」

「そうだな。おまえは看板娘でモフモフで、デキる人狼だ」

『あるじした』が上手く伝わらなかったが、ノエラは満足げにカウンターのいつもの席に戻った。

12　一狩りしたいぜ

「レイジ様、我が主がお呼びでございます」

バルガス家の執事、レーンさんが店にやってくると、そんなことを言った。

いつもはエレインに伴われてやってくるが、今日は違うらしい。

「何のご用でしょう？　こっちもあんまり暇ではないというか」

いくつか創薬しておかないといけない薬もあるし、ぶっちゃけあんまり暇ではないのだ。

話を聞いているノエラは、おれが行くならついてくる気満々で、何も言ってないのに出かける準備をはじめている。

「先日の運動大会のことで民の声を聞いてみたいと仰せにございます」

あれからもう二週間。

実際やってみて領民がどう思ったのか気になったってところか。

今日はミナもいるし、ビビもいる。昼からはエジルもシフトが入っているので、店に関して心配はない。

「……わかりました。少し仕事を片づけますので、それからでもいいですか？」

「もちろんでございます」

待ってもらう間、ミナには【ブラックポーション】をレーンさんに出してもらう。

レーンさんは、あの苦さをうま味と考えられる数少ない好事家だったりする。

「あるじ。ノエラ、行く。貴族の家、遊び、行く」

「おい。心の声が漏れてるぞ」

大方そんなことだろうと思っていたので、とくに諫めることはなく、ノエラに創薬を手伝ってもらい、準備を終えた。

ミナにあとのことを任せて、おれとノエラは馬車に乗った。

「ノエラ、あんまりはしゃぐなよ？」

「る。わかた」

本当にわかってるのかな。

しばらく馬車に揺られていると、バルガス家の屋敷が見えてきた。

門が開き、中に通されると、わざわざバルガス伯爵とエレインが出迎えに扉の前に立っていた。

馬車から降りると、おれは簡単に挨拶をした。

「こんにちは。運動大会以来ですね。お招きありがとうございます」

「レイジ殿。よくぞいらっしゃった」

ノエラも小さく頭を下げる。

「ノエラさんも今日は一緒ですのね！」

「る！　ノエラ、来た！」

「いつもはわたくしがお邪魔いたしますから、今日は屋敷をわたくしがご案内差し上げますわ」

「探検……！」

違う気がするけど、まあ、エレインと一緒ならめちゃくちゃなことはしないだろう。

「エレイン、ノエラをよろしく」

「お任せくださいまし」

そう言ったエレインは、ノエラに屋敷の案内をはじめた。

客室に通されると、向かいにバルガス伯爵が座る。

「運動大会はなかなか好評だったと思うのだが、領民たちの評判はどうだろう？」

「みんな楽しんでいましたよ」

不正騒動はすでに知っているらしく、その買収された執事は厳しく処罰したとバルガス伯爵は言う。

「今後は、ああいったことがないように厳重に注意していこうと思っている」

「それなら安心ですね」

「……さて。本題だが」

にこやかな表情が、真面目なものへと変わる。

「ああ……じゃないとわざわざ呼んだりしませんもんね」

「察しがよくて助かる」

立ち上がったバルガス伯爵は、窓の外を眺める。

「レイジ殿は、狩りの経験は？」

「ありません」

「そうか。実は、他家の貴族たちと晩餐会があるのだが……その翌日、鹿狩りをすることになったのだ」

「いいじゃないですか」

まさに貴族のお遊びって感じだった。

「私を含めて五人が狩りをするのだが、みな、中々上手いという」

「バルガス伯爵も、そうなのでは？」

「弓の心得くらいはあるが、私は全然……」

バルガス伯爵は嘆くように首を振る。

「実を言うと、まともに狩ったことがない」

「なんでそんな遊びに参加することにしたんですか……」

ため息交じりに尋ねると、半泣きの顔でこっちを振り向くバルガス伯爵。

「私以外の当主四人が参加するのだぞ。行かないわけに行くまい……！　親交を深めるための会でもあるのだ。断れない……」

現代でも似たような経験をしたことがある。

会社の部署で開く飲み会が、今のこの狩りに該当しそうだった。

行きたくないけど、付き合い上仕方なく行かざるを得ない、行っておいたほうが今後人間関係円滑にいきそう、ってあたりがまさにそれっぽい。

ただ、飲み会と違ってこれは狩り。

技術や経験が問われる。

「レイジ殿、私に、狩りの神を降ろしてくれぬか……！」

「いや、降霊術やるタイプに見えますか？　薬師ですよ、僕は」

「では、私が恥をかかない程度に鹿を狩れる薬を作ってくれぬか！」

恥をかかない……。大人の世界では、案外大事なことだったりする。

普段見栄を張りまくる貴族なら体裁を考えるのは当然のことだろう。

飲み会……もとい狩りに行かないといけない気持ちも多少わかるし、しょうがないな。

「わかりました。ちょっと考えてみます」

「レイジ殿ぉぉぉ〜」

「はいはい。泣かないでください。僕もバルガス伯爵の気持ち、ちょっとくらいわかるんで」

苦笑しながら、おれはバルガス伯爵を落ち着かせた。

それから、いつも狩りに出かけるときはどうしているのか聞いて、有効な薬を考えることにした。

「バルガス伯爵は、弓はどの程度の腕前なんです？」

「中の下といったところか」

「けど鹿が見つからなかったらそれまでですよね？」

「いや、鹿は見つかる。あらかじめ捕らえていた鹿を放つのだからな」

とんだ接待プレイだった。

やらせ番組のロケみたいだな。

「一人一頭くらいは狩れる、と？」

「ミスショットしなければな」

鹿を見つけるまでの道中、わいわいしゃべりながら馬で森を移動するらしい。

あれか。あれだな。ゴルフだな、これ。

そんなことをしていたら、普通鹿は逃げるだろうけど、接待プレイなので、鹿はちゃんといるし、遠くに逃げないように柵を設けているとか。

初心者モードすぎる。

他の貴族もこれで狩りが上手いって思っているらしい。

大勢の周りの人たちが気を遣って狩りをさせてあげているんだろうな。

行きたくもない飲み会……接待……接待と知らずに接待を受けるおじさんたち……。うぅ、頭が痛くなってきた……。

「レイジ殿、どうかしたか」

「いえ、ちょっと少し前の辛い思い出が蘇りまして」

不思議そうにしているバルガス伯爵に、おれは笑って誤魔化した。

「状況は把握しました。やってみます」

「うむ。レイジ殿頼む……！　バルガス家の威信がかかっておるからな……！」

行きたくないけど行かないといけない、というのは俺も気持ちがわかるし、力を貸してあげよう。


すぐに店まで送ってもらったおれは、創薬室に入って新薬を作ることにした。

「あの接待モードでも心配なバルガス伯爵は、相当下手っぴなんだろうな」

おれへのお願いもかなり必死だったし。

やりたくもないことをして、恥はかきたくないもんな。

おじさんってやつは、面倒な生き物だなとおれは真剣なバルガス伯爵の顔を思い出して苦笑いをする。

できた。これなら……恥をかかずに済むはずだ。

「レーンさん、これをバルガス伯爵に！」

「いつもいつも、お世話をおかけいたします。すぐ、主の元へ届けて参ります」

おれは使い方を記したメモと新薬をレーンさんに託し、去っていく馬車を見送った。

◆バルガス伯爵◆

他家の領地へ妻のフラムと出かけ、複数の家が集まる晩餐会も和やかなまま無事に終わり、バルガスは問題の翌日を迎えた。

「今日の狩りは実に楽しみですな」

「わたくし、この日のために弓の稽古を普段以上に積んできましたぞ」

「ハハハ。やる気十分ですなぁ」

「何頭狩れるか、勝負いたしましょう」

準備を整えた四人の貴族たちの会話に、バルガスも遅れずになんとか入る。

「え、ええ……何頭狩れるでしょうな。ハハハ……」

乾いた笑みを浮かべて、バルガスは会話を合わせる。

当然のように自信はない。

だが、バルガス伯爵領が誇る天才錬金術師から、新薬とその使い方を記されたメモを渡されていた。

これがあれば、一頭くらいは狩れるはず。

狩れなくてもいい。格好がつきさえすれば、それでいい。

要は、他の四人にダサいところを見せなければよかった。

ポケットに忍ばせた新薬をバルガスはもう一度確認した。

【パララ・ライ：体内にわずかでも入り込むと、一時的に麻痺を引き起こす。武器に塗る。餌に混ぜることもできる。扱いには注意が必要】

メモにはこうあった。

『矢じりにでも塗ってもらえれば、かすめただけでしばらく動けなくなる薬です。狩りとは違うかもしれませんが、餌に混ぜて罠を仕掛けてもいいかもしれません』

「頼むぞ、レイジ殿……！」

ぽんぽん、とポケットを叩く。

バレないように、矢じりにそっと塗って、あとはどこにでもいいから当てればいい。

厩舎にいた馬に鞍を載せて、五人は馬に乗り会場となる森へと向かった。

「ここは、私の勝手知ったる森。いわば庭のようなものです。私についてきてくだされ」

ちょび髭の貴族が言うと、雑談をしながら五人は森を進む。その後ろを荷運びをする従者が三人ついてきている。

「順番は昨日決めた通り。みなで鹿を探す。そして見つけたらその順番で矢を射ること。一頭目は、一番の獲物、二頭目は二番の獲物となる」

案内をしているちょび髭の貴族は改めて確認をした。

バルガスの順番は最後。

見つけられない可能性もあるが、見つけられないのなら仕方ないこと。

『私の弓の腕前をみなに披露できず残念だ』とでも言えば、十分体裁が保てる。

「しっ。あそこ……」

指差した先には、雄鹿がいた。そっと馬を降り、一番の貴族が弓を取り、矢をつがえた。

距離は三〇メートルほど先。

餌か何かを食《は》んでいるため、こちらにはまだ気づいていない。

しん、と静まる中、ギリギリ、と貴族は弓を絞り、狙いをつけて放った。

そばに立っていた木に矢が突き立ち、驚いた鹿は逃げていった。

「ああ。くそ！」

「「「あぁ～。惜しぃー！」」」

と、お決まりのようなセリフを言った。

今のは惜しかったですなぁ、私なら決めていましたぞ？　などと談笑し、また森を進む一行。

二人目と三人目も、鹿を見つけて矢を放つが、いずれも命中はせず、鹿を逃がす結果となった。

四人目は、一射を外すも幸運にも逃げることはなく、二射目で命中させ、一頭を狩った。

「いやぁ、さすがですなぁ～」

「積んだ稽古は伊達ではなかったようですな」

「わたしも、稽古をしてくれればよかったです。ハハハ」

腕をほめたたえたり、冗談を言ったりする中、バルガスは緊張していた。

この調子でいけば、すぐにまた鹿が見つかる。

緊張しているとバレるのも困る。貴族たるもの、狩りに慣れてないなどというのも、ちょっとカッコ悪い。

救いがあるとすれば、まだ一人しか狩れていないところだ。

ここで、鹿に矢じりをわずかでもかすらせることができれば……！

「次はバルガス伯爵の番でしたな」

「期待しておりますぞー？」

「え、ええ。一発で仕留めて見せましょう」

と、強気に振る舞った。

しばらく進むと、あそこ、と小さな声が聞こえる。発見した貴族の指先には、標的となる鹿がいる。

バルガスはそっと馬を降りて準備に入った。

矢じりを瓶につけて、矢をつがえる。

どっくん、どっくん、と自分の心臓の音がやたらと大きく聞こえる。

弓を引く。

まだ鹿は気づかず、ゆっくりと移動をしている。

限界まで弓を引き絞り、震える右手で矢を放つ。

ひょん、と風を切る音が聞こえた。

矢は鹿に届くことはなかった。

が、地面から剥き出しになっていた岩に跳ね返り、鹿の尻のあたりをかすめた。

逃げ出そうとした鹿が、足がもつれたようにその場で倒れた。

「おや？」

「「「「あぁ……」」」」

ため息を四人が漏らしたときだった。

「ややや？」

「倒れましたぞ？」

「当たった……のか？」

目を凝らしている四人に、バルガスは言った。

「当たりましたな」

ドヤ顔をしながら、弓をしまう。

「当たりましたなぁ〜！」

ドヤ顔に加えてクソデカボイスでもう一度言って、鹿のそばへ歩み寄る。

息はあるが、ぴくりとも動かない。ミラクルショットが尻をかすめており、かすり傷ができていた。

「たったこれだけの傷で……。レイジ殿の薬は、なんという効力なのか」

狩った鹿を運ぶために、従者が一人駆け寄ってきた。

それをバルガスは手で制した。

「よい。この結果だけで十分である。無用な殺生はしたくないのでな」

バルガスが馬に戻ると、四人から温かい拍手が寄せられた。

「なんと器の大きな御仁なのか」

「狩りとは、狩るだけにあらずということですかな」

「このような方を領主として仰げる民はなんと幸せなのか」

「見習いたいものですな」

バルガスの株が、爆上がりしていた。

調子に乗らないではいられないバルガスは、おーっほん、と大げさな咳払いをする。

「地面に跳ね返ったのは、実は狙っておりましてな」

「「「おぉぉ……！」」」

「あの鹿もかすり傷程度。しばらくしたら元気に走り回るでしょう」

と、知ったかぶってそれっぽいことを言ってみる。

その後しばらく狩りは続いたが、この出来事は、狩りのハイライトとして帰ってからも、皆が口々にほめたたえた。

◆レイジ◆

「レイジ殿。あの薬の効力は素晴らしいものだったぞ」

「良かったです。無事に狩りできたんですね」

例の狩りが終わって領地に戻ってきたその日に、バルガス伯爵は店を訪ねて狩りの話を聞かせてくれた。

「粋ですね。かすり傷だから逃がしてあげるっていうのは」

「他の者からもそれを賞賛されたよ」

ハッハッハ、とバルガス伯爵は上機嫌に笑った。

お礼のお金を受け取ると、バルガス伯爵は帰っていった。


この件をきっかけにして、【パララ・ライ】は口コミで徐々に広まっていった。

猟師などから人気が高く、それを聞いた冒険者たちからも人気を博すようになり、【パララ・ライ】は狩りではなく、対魔物用のアイテムとして知られるようになった。

13　効率を上げろ！

おれは友人でもあり、ここらへんの地主でもあるジラルに連れ出され、畑の視察に来ていた。

「レイジくん、わかるでしょ？　畑で働く人たちを見て」

「何が？　全然普通だろう」

「この町も、若者が冒険者に憧れて出ていくことが多くて、今や畑仕事は、俺たちの親世代以上のベテランばかりだ」

田舎町が抱える高齢化問題は、異世界でも同じらしい。

「ベテランだから手際がいいんだけど、多少手際が悪くても体力的にもやっぱり若いほうが作業が捗るんだよ」

「じゃあ、町の若者を雇って作業させたら？」

「それが、なかなか上手くいかないんだ」

冒険者という職業が存在するこの世界では、一攫千金、名誉と功績を求めて地元を旅立つ若者が後を絶たないという。

「地元を離れて冒険者になるだのなんだのって言っても、実際は上手くいかないことのほうが多いじゃん？」

「そうなのか？」

おれはあっちのアニメやゲームを知っているから、実際の底辺ってやつを知らない。

そうなんだよ、とジラルはため息交じりに教えてくれた。

「この前一五才になったオルレンは、こんなショボい町で一生農作業して暮らすなんてごめんだ！　とかなんとか言って、実家を出たんだけど、二か月くらいで帰ってきて。以来家の手伝いもせずフラフラしてるみたいなんだ。自分のやりたいことがわからないみたいで」

現代の若者と一緒だ。

若者離れが著しいこの田舎町では、農作業をする人が親以上の世代が大半。年齢的にも若者より体力が少ないので、作業効率も上がらないと。

「どうにかならないかな」

「おれは、若者側の気持ちがわかるから人のことを言えた義理じゃないけど、若者だって農作業しても体力なかったりするよ？」

「慣れるまでは、どんな仕事も大変だし疲れるもんだよ」

「ごもっともで」

金持ちのくせにこういう視点があるから、ジラルは町民ウケがいい。

「人を覚醒させるような薬って作れない？　疲れを感じさせなくなるような薬」

「その言い回しだと完全にヤベー薬だよ」

「ん？」

って言ってもわからないか。

「体力的に……？　いや、根本的な問題は若い世代が農作業しないことだもんな……」

うーん、とおれはひとり言をつぶやいて考える。

「レイジくん。これは、小さな町はどこも抱えている問題なんだ。派手で見栄のいい仕事を若者はしたがるし、俺も気持ちはわからなくもないんだけど、それじゃあ畑仕事が上手く回らなくなっていく……」

おれはひとつ思いついた。

「一個だけ試してみたいことがあるんだ。成功するとは限らないけど」

「もちろん！」

暗かったジラルの表情が一気に明るくなった。

「さすが、最高の錬金術師サマは違うね」

「薬師だっつーの」

冗談めかしてジラルが言うので、おれも軽くツッコんでおく。

さっそく店に戻り、アイディアを薬にするため創薬室に入った。

「あるじ、何か作る？」

暇だったのか、ノエラがこっちを覗いていた。

「カコいい薬？」

「その予定」

食いついたノエラが中に入ってくると、おれの作業を手伝ってくれた。

「地味で大変ってイメージだから、そこを変えれば……ワンチャンあるかな?」

「るう?」

経緯を知らないノエラが首をかしげた。

「できた。上手くいけばいいんだけど」

【クロナール:黒い塗料。目の下に塗ることで太陽光を吸収。反射を抑え眩しさを大きく減らす効果がある】

「るっ、るっ。カコいい薬、できた!?」

「ノエラ、試してみるか?」

「もち!」

手招きをして、ノエラをおれの前に座らせる。

向かい合うと、おれは【クロナール】を指ですくって、ノエラの目の下……頬骨あたりに短い線を引いた。それをもう片方。

「外に出てみよう。直接光を見ないなら、眩しさはかなり減るはずだ」

おれはノエラを連れて外に出る。

「る……!」

ノエラが変化を感じたらしく、何度も瞬きをしている。

「眩しい？」

「眩しい、ない！」

よし。成功だ。

これなら農作業中、反射光による煩わしさは大きく減るはずだ。

作業のしやすさもあるけど、わかりやすく変化したのは見た目だった。

どこから持ってきたのか、キャップを被って棒を肩に担ぎ、口をもちゃもちゃと動かしている。

ガムを噛んでるみたいだった。

「あるじ、ノエラ、カコいい？」
メ、メジャーリーガーだ。メジャーリーガーがここにおる。
「おお……カッコいいぞ、ノエラ！　メジャーリーガーみたいだ」

「メジャーリーガー？」

「あっちの世界では一握りの世界最高峰のプレイヤーだけがそう呼ばれることを許されるんだ
……！」

「るっ！」

フシーっと興奮気味のノエラは、棒を握ってスイングをする。

ビュン、とバットに見立てた棒が風を切る。

「ノエラ、メジャーリーガー」

くちゃくちゃ、と口を動かしながら、ノエラは堂々と宣言した。

……そんな効果はないんだけど、気持ちをブチアゲた結果なのか？

ノエラだけがそうなのかもしれない。

メジャーリーガー効果はともかく、眩しさを軽減させる薬だから、農作業中も十分使えるはずだ。


おれはノエラと一緒に【クロナール】を持ってジラルがいる畑に戻った。

「レイジくん！　早かったね！」

「これ。農家の人に使ってもらって。太陽とか光の反射光を減らして眩しくなくなる薬」

「それは便利そうだ……！」

ジラルが感心すると、おれの隣でキャップを被って棒を担いでいる小さなメジャーリーガーに目が移った。

「……ノエラちゃん？　どうしたの？」

「ノエラ違う。メジャーリーガー」

「めじゃぁ、りーがー？」

「そう。一握りの選ばれた者だけ、そう呼ばれる。ノエラ、選ばれし者」

説明を求めるため、ジラルがこっちを見る。

「この薬を使ってこうなったんだ。他の人がこうなるとはわからないけど――」

「か、かっこいいよ……！　めちゃくちゃイカしてる！　その黒いの、いいね！　超クールだ！」

く、食いついた!?

ジラルがそう思ってくれるってことは、マジでワンチャンあるぞ、これ。

「俺も使っても？」

ジラルが尋ねると、ノエラは首を振った。

「限られた者だけ」

「くそ……そうなのか……」

別に使ってもいいんだけどな？

けど、このビジュアルがカッコいいとされるのなら、農作業をする人限定としたほうがいいのかもしれない。

「悪いな、ジラル。農作業をしているプレイヤーだけが、これを塗る権利がある」

「ぷ、プレイヤー……!?」

ドドドドドド、とジラルが手元の【クロナール】とまだ農作業を続ける農家の人たちを見比べている。

プレイヤーは適当に言っただけだけど、響きがドストライクだったらしい。

「さっそく使ってもらうよ」

ジラルは休憩している農家のみなさんに薬の説明をして、こっちを指差したり、あれこれ身振り手振りで説明をしていた。

「これは、メジャーリーガーになれる薬で――」

なんか主旨それた説明してんな!?

汗を拭くおじいちゃんおばあちゃんも、「はぁ……?」みたいな曖昧な反応をしていた。

「薬屋さんが作った便利薬なら、間違いないじゃろう」

「そうだねぇ」

休憩が終わるころに、ノエラがやっているようにお互いの目の下あたりに【クロナール】を塗っていた。

「さあ、作業を開始しようか」

目深にぎゅっと被った麦わら帽子がやっぱりキャップのように見える。

おじいさんは肩にクワを担いだ。

おれの目がおかしいのか? あのクワがバットに見える。

「作業……いや、今日はいいプレイができたらいいですね、おじいさん」

プレイ!?

何する気だよ。

おばあさんのほうも、手にはめていた作業用の手袋がやけに大きく見え、グローブのようにぱしぱし、と拳を手の平に打ちつけている。

二人ともやっぱりガムを噛んでいるみたいにクチャクチャと口を動かしていた。

ノエラみたいにメジャーリーガー化していた。

「薬屋さんの新しい薬のおかげで、空を見上げても全然眩しくないのう」

「ええ。これならフライもゴロも簡単に捌けます」

畑に飛んでこねえよそんなもん。

ノエラがぷーっと風船ガムを膨らませている。

どこでそんなもん手に入れたんだ。てかガムはこの世界にねえだろ。

「……じいとばあも、メジャーリーガー？」

ブランディングというか、そういうことにしておこう。

「ああ。あの二人も、選ばれしプレイヤーだ」

「るう……」

「なるほど……」

ジラルがわかりみが深そうに大きくうなずく。なるほどじゃねえよ。

「畑仕事をプレイというのか……超クールだ」

……まあ、そう思ってもらえたのなら何よりだ。

まずは形から作戦。

土でドロドロでも、作業着……いや、ここはユニフォームと呼ばせてもらおう。

土に汚れたユニフォームであれば、真っ白な物よりカッコいい。

本来の効果はというと、てき面だったようで。

「手元が――――手元がよぉく見えるうううううううう！」

ザザザザザザ、とおじいさんが高速で畑を耕している。

おばあさんのほうは、手袋のほうで雑草を抜いていた。

「こっちも、ずいぶん見やすくなりましたよ」

ずもっとひとつ、またひとつ雑草を抜いている。

あの構えは、もうキャッチャーです。

上から指でつまんで手首を反らして上へ引っ張るそれは、低めの球をストライクに見せるかのような、まさにキャッチャーのキャッチングだった。

「あれが、メジャーリーガーの仕事ぶり……！　選ばれた人間は、あんな働きができるんだ……！」

ジラルが目を剝いて働きぶりに感心していた。

「全員がああなるかはわからないけど、農家のみなさんに配っておいて。作業……いや、プレイが捗ると思うし」

「わかった。レイジくん、ありがとう！」

そう言って、ジラルは残りの【クロナール】を持って別の農家さんたちのところへ向かった。

「あの姿をカッコいいってみんなが思ってくれれば、若者だって『農作業は辛いだけ』とは思わないはずなんだよ」

くちゃくちゃ、ぷー、とまだガムを噛んでるちびっ子メジャーリーガーにおれは語る。

「あのビジュアルをクールでカッコいいと思ってくれれば『畑でプレイするのも悪くない』って思ってもらえるはず……」

実際、若者に聞いてないのでもしかすると的外れなのかもしれない。

バットに見立てた棒でノエラは肩をとんとんとやると、両手で持ってビュンビュンと素振りをする。

「あるじ、かもん！」

「お。メジャーリーガーの本能ってやつだな」

おれは足下に落ちていた適当な小石をノエラに向かって投げる。

「るうッ！」

フルスイングしたノエラのバットが小石を捉え、カコンと小気味いい音を鳴らして遥かかなたに飛んでいった。

「ノエラ、楽しい」

「そりゃよかった」

ジラルが視察に回っている畑を覗くと、全員メジャーリーガー化していた。

クワはバットみたいに担ぐし、手袋はグローブみたいな性能を発揮しているし、汚れた作業着……ユニフォームは様になってどこかカッコいい。

手伝いに連れ出されているノエラくらいの子供たちが、キラキラしたような目でその姿を見ていた。

「黒いのカッコいい！」

「服が土に汚れてるのに、なんかイイ！」

「ぼくも、あんなふうになりたい……！」

畑のメジャーリーガーは、子供たちに夢を与えていた。

「レイジくんのおかげで、農作業のイメージが大きく変わりそうだよ」

そういってジラルは喜んでくれた。

「これで畑を継いでくれる子供たちが増えたらいいんだけどな」

「増えるよ。きっと。今俺だってメジャーリーガーになりたいもん。でも、生半可なことじゃ、なれないんだよね？」

「え？　ああ、うん」

そういうことにしておこう。塗ったら誰でもなれるってことになると、特別感がなくなる。

熟練の農家のみなさんのみメジャーリーガー化できるってことで。

「ノエラ、特別」

わさわさ、と振られる尻尾を見るに、かなりご機嫌だった。

「ジラル、かもん！」

ノエラがバットを構えると、おれは説明をしてやった。

「ええっと、これでいいのかな」

ひょい、とジラルが投げた小石を、ノエラがまたかっ飛ばした。

「うわ、すごい！」

飛び去った方角を見てジラルが声を上げる。

バットを放り投げたノエラが、立てた人差し指にキスをして空に掲げる。

ちゃんと仕草もメジャーリーガーになっていた。

これは、完全にハマったな。

飛んできた物を棒で弾き返す遊びに。

それからしばらくノエラに付き合わされ、日が暮れる頃にようやく店に戻った。

「どうしたんですか、二人とも。汗でドロドロじゃないですか」

「ノエラ、メジャーリーガーした」

「？」

初耳の単語にミナが首をかしげた。


カルタの町を中心に、近隣の田舎の町や村で【クロナール】は、農作業の効率を上げる薬として話題を呼んだ。

その姿や仕事ぶりに憧れる子供たちも増えていき、農作業に携わる人の平均年齢はぐっと下がったらしい。

14　ミナマスク

ドズさんが向かいのカウンターで大きなため息をついた。

「どうしたんですか？　店に来るなり早々」

「レイジの兄貴、聞いてくだせぇ」

顔見知りの来客だったので、ミナが奥からお茶を運んで出してくれた。

「ミナの姉貴、ありがとうございます」

「いえいえ。ごゆっくり〜」

「あ。姉貴も話を聞いてもらってもいいですかい」

「わたしも、ですか？」

自分を指差すミナは、不思議そうに首をかしげる。

おれのほうを見てくるけど、おれも話が見えないのでうなずいた。

「姐さんのことでさぁ。最近、どうも訓練にも、町の巡回にも身が入ってなくて、話しかけても上の空ってことが多いんでさぁ」

「アナベルさんが？　珍しいですね」

おれが言うと、ドズさんが同意した。

「ええ。オレたちもあんな姐さんを見るのははじめてで、何か体の調子がおかしくなっちまったんじゃねえかって」

「それは心配ですね……」

ミナが真剣な顔で表情を曇らせる。

アナベルさんは、町の警備を預かる傭兵団の団長。

運動大会の格闘技の代表に選ばれるほどだから、傭兵団の中でも一番腕利きだったりもする。

「いざっていうときもぼんやりしてたらと思うと……」

「ええ。もちろんそれもそうなんですが、姐さんはオレたちにゃ、悩み事があっても相談してくれねえ……。頼りないってことなんでしょうが、それが、寂しくて」

ドズさんは副団長。傭兵団の相談はいつもドズさんにしているという。

「となると、プライベートなお悩みかもしれません」

ミナが少し自信ありげに言う。

「なんでわかるの？」

「女の勘です」

「それならそうかもしれません」

巨体を揺らしてドズさんが笑った。

「オレたちが訊いても、姐さんはなんでもねえの一点張りで。もしかしたらレイジの兄貴や、ミナの姉貴になら話してくれるんじゃねえかと」

なるほど。そういうことか。

アナベルさんが何かに悩んでいるけど、自分たちでは力になれないから……。

「ポーションの配達で顔を合わせますけど、おれは、アナベルさんが何かに悩んでるって感じは全然しなくて、いつも通りって感じでしたよ」

もしかすると、男にはわからない悩みなのかもしれない。

ミナに目をやると、おれが何を言いたいのかわかったらしく、ミナがうなずいた。

「わたし、アナベルさんのところにいって、それとなくお話をしてきます」

「ミナの姉貴、お願いします」

……そういうことで、ミナがアナベルさんの悩みを訊き出すため、兵舎へと向かった。

◆ミナ◆

ドズに聞いたところによると、今日は非番で兵舎の中にいるだろう、ということだった。

「団長さんがプライベートな悩み……？」

レイジに送り出され、兵舎へと歩く途中、ミナはその悩みを考えてみる。

仕事人間であるアナベルは、いい意味で女性らしさがなく、カルタの町でも男女問わず人気があった。男性よりは、むしろ女性のほうに人気だったりもする。

ミナとはまたタイプが違ったカッコいい女性で、憧れる女性が出てくるのも納得だった。

「恋のお悩み……とか？」

恋煩い。

一番ありえそうだった。

コイバナであれば、愛嬌はあるものの、がさつな部下たちにはできないだろう。

そうだったとすれば、レイジにはもっとできないはず。

「むう……」

アナベルとレイジが仲良くなっていくところを想像すると、モヤリとしてしまう。

「ほ、本当に恋煩いで、お相手がレイジさんだったら、ど、どうしましょう……」

心配を口にしているうちに、兵舎が見えた。

やってきたミナを傭兵団員が一人出迎えて、用件を伝えると今は自室にいるという。

「姐さんに取り次ぎますんで、少々お待ちを！」

愛想よく対応してくれた団員は、踵《きびす》を返して駆け足で兵舎の奥へと消えていき、しばらくしてまた戻ってきた。

「通してくれってことですんで、部屋まで案内させていただきます。どうぞどうぞ、こっちへ」

「失礼します」

兵舎の中は少し古いけれど、よく掃除がされていて綺麗だった。

奥の部屋の前までやってくると、「ここです」と団員が言って、部屋をノックした。

「姐さーん、薬屋んとこのミナさんが」

「ああ。通してくれ」

団員が扉を開けて手で中へ、と促した。

簡素な部屋で、ベッドがひとつとサイドテーブルと椅子がひとつある。飲んだポーションの空き瓶が、ベッドの下に並べられていた。

アナベルは、怪訝そうな顔でベッドに座っている。

「狭い部屋だろ？　掛けてくれ」

「ありがとうございます。それじゃあ、お言葉に甘えて。……すみません、お休みだったのに訪ねたりして」

「いいんだ。何かしてたわけじゃないからね。……けど珍しいな。どうかしたか」

そう思うのも当然である。

ミナがアナベルと会うのは店や町だけで、こういったプライベートな空間で二人きりというのははじめてだった。

「運動大会のとき、体調が悪かったとかで」

「あっ……」

嫌な記憶を思い出したかのように、一瞬マズそうな顔をしてアナベルは苦笑した。

「あれは、いいんだ。忘れてくれ。もう今は良くなってるし。……そんなことよりも、あんたが代役で優勝したんだろ？　すごいじゃねえか」

「いやいや、あれはレイジさんの奥の手というか、切り札的なお薬を使ったおかげですから」

「やっぱり薬屋はすごいんだな」

「ええ。レイジさん、すごいんです」

世間話といっても、これ以上何を話していいかわからず、話題を探す間に会話は終わりすぐに気まずい沈黙がやってきた。

上手く悩みを訊き出そうと思っていたが、なかなか上手くいかない。

開き直って、ミナは単刀直入に切り出した。

「あの、アナベルさん。何か悩み事とかあるんじゃないですか？　……ドズさんがすごく心配をしていて」

「あー……、あいつ余計なことを」

頭をガシガシとかいたアナベルは、目をそらして窓の外に視線をやった。

「……あんたは、そんなことないと思うが……」

「はあ？　何がです？」

「町のガキたちいるだろ。……どう？」

どう？　質問の範囲が広すぎて、どう答えたらいいのかミナが考えていると、アナベルが照れくさそうに続けた。

「……ガキたちには懐かれてぇんだけど、ビビっちまって顔を合わせればすぐに逃げやがる」

意外な悩みで、ミナは目を丸くした。

けど、恋の悩みでなくてよかったと、胸を撫でおろした。

「柄じゃねえってのはわかるんだが――」

「いえ。そんな」

「あんたは、町のガキたちが店に来ても、そんなふうにはならないだろ？」

「まあ、そうですね」

「やっぱ顔つきか……。それとも言葉遣いなのか……。それか、母親を彷彿とさせる滲み出る包容力なのか……」

女性としてのタイプでは、たしかにミナとは真逆ではある。

ほわわん、とした顔立ちのミナと、つり目がちでシャープな印象を持たせる顔立ちのアナベル。言葉遣いも仕事も真逆だった。

そんなに気にしなくてもいいんじゃないですか、と思うものの、悩んでいるアナベルにそんなことは言えなかった。

「懐かれたい、ですか」

「アタシは、実は……その……あんたみたいになれたらいいなって、思うことがたまにあるんだ」

恥ずかし紛れに、アナベルが頬をかく。

相変わらず、こういうときの声は、すごーく小さい。

「わたしみたいに、ですか」

「そうしたら、ガキにも懐かれるんじゃねえかなって」

「れ、レイジさんは、何か関係ありますか……？」

「薬屋？　全然」

なんでレイジが出てくるのか、とアナベルは眉根を寄せた。

「そ、それならいいんです。それなら」

あはは、とミナは嘘くさい笑い声を響かせる。

アナベルは、どうやら町の子供たちに恐れられているらしく、顔を見るだけで逃げられてしまうという。それが本人はショックらしい。

そんなことを気にしているとは思わず、意外だった。

「あんたみたいになれるような薬とかって、あったりすんのかな」

「わたしみたいに、ですか……」

ううん、と少し考える。

「レイジさんに相談してもいいですか？」

「ああ。薬屋にならいいか、まあ、いいか」

アナベルから了承をもらうと、ミナは部屋をあとにして店へと戻った。

◆レイジ◆

「……というわけなんです」

帰ってきたミナから、アナベルさんの悩みを聞かせてもらった。

アナベルさんもそんな一面があるんだな。

あの人、意外性の宝庫かよ。

普段は全然そんなの気にしなさそうなのに。

子供に懐かれたい、か。

「それで、アナベルさんは、わたしみたいな雰囲気なら子供に懐かれるんじゃないかって」

「え？　ミナみたいな？」

ちびっ子が相手なんだからお菓子配ったりしていれば、向こうの好感度なんて簡単に上がりそうなものなんだけどな。

いや、ノエラもそうだけど、賢いからお菓子だけもらってとっとと退散するかもしれない。

その点、ミナは、愛想もいいし物腰も柔らかいしママ味を感じるせいか、ノエラとは違った懐かれ方をする。

「ミナになりたいわけじゃないんだよな」

「はい。あくまでも、わたしっぽく、という感じでして……レイジさん、何かアイディアはありますか？」

以前作った【なりきりフェイス】という、他人の顔に丸ごとなる薬があった。

エジルがおれに化けてノエラと仲良くしようとしたけど、結果的に性格まで変わらないので、すぐバレてしまった。

それを使えばと思ったけど、あくまでもミナっぽく、か……。

ひとつできそうな薬があった。

「お気に召すかわからないけど、やってみるよ」

「わかりました。では、アナベルさんにそのことを伝えてきます」

そう言って、ミナは店をあとにした。

ミナとアナベルさんの仲はあまりよくないと思っていたけど、そう思っていたのはおれだけなのか？

首をかしげて、おれは創薬室に向かう。

「ミナっぽく、か……」

ミナっぽいっていうのは、たぶん大きなところでは、あのぽわぽわした雰囲気にあると思う。

性格の部分は、薬ではどうしようもできないので、ミナっぽさを表現できたらいいんだよな。

素材を集めて、創薬をはじめる。

ノエラが不思議そうに一度中を覗いたけど、「店番、頼むぞ」と言うと、「頼まれた」と言って店に戻っていった。

色んな素材をかけ合わせていき、そして新薬が出来上がった。

【メイクマスク ver. ミナ：顔にしばらくつけるとメイクが仕上がるフェイスパック。女性らしい柔らかで優しい雰囲気のメイク。ミナがモデル】

メイク関係は男のおれにはよくわからないけど、ミナっぽくっていうなら、これで十分目的は果たせるはず。

「あるじ、赤いの、来た」

ノエラがアナベルさんの来訪を教えてくれた。

「ちょうどよかった」

おれは新薬を持って店へ戻る。

「お、おう……薬屋」

アナベルさんは、ちょっと気まずそうに挨拶をしてきた。

子供に懐かれたいっていうのは、恥ずかしい相談だったのかもしれない。

「できましたよ。これで上手くいくかはわからないですけど、最善は尽くしました」

「本当か!?」

「赤いの、あるじ、嘘つかない」

ビシっとノエラが指を突きつける。

「懐かれるかどうかは……。けど、ミナっぽくなれるかもしれません」

「そ、そうか。一体どういう薬なんだ?」

「ミナ風のメイクができるフェイスパックです」

「め、メイクっ!?」

普段化粧っけがないから、メイクすることにちょっとだけ抵抗があるらしい。

……男みたいだな。

「赤いの、男みたい」

「こら」

おれも思ったけど。

「いや……いいんだ。アタシのそういうところなんだろうな、きっと」

さっそく試してみることになり、おれは【メイクマスク】を渡す。

瓶の中に液に浸かっている半透明のパックが入っており、アナベルさんはそれを取り出して、ノエラが持ってきた鏡を見ながら、ぴたぴたと張っていく。

すると、ふわぁっと【メイクマスク】が光った。

「る!?　光った!?」

「アナベルさん、取っても大丈夫ですよ」

「わかりました」

わかりました？

ぺりぺり、とマスクを剥がしていくアナベルさん。

「る？」

「んん？」

おれとノエラは目を細めてアナベルさんをじいっと見つめた。

………色違いの、赤いミナがいる。

髪型がポニーテイルだからアナベルさんだなってわかるけど、マジで色違い。

「な、なんですか。ど、どうなったんですー!?」

「る。これ」

ささっとノエラがまた鏡をアナベルさんに見せる。

「す、すごいです。アタシじゃなくて……ミナになってます」

おかしいな。ミナっぽくなるメイクってだけなんだけどな。

創薬スキルの力で、特殊メイクの域に達してるんじゃ……。

口調も、今までと違いかなりミナっぽい丁寧なものになっていた。

よぉぉぉぉぉく見つめれば、顔にアナベルさんの名残がある。

けどぱっと見じゃ本当にわからない。

「本当に、赤いの？」

「アナベルですよ、アタシは」

るう？　とまだ疑っているノエラが棒を持つと、アナベルさんもとい「ミナベルさん」に打ちかかっていく。

「るっ！」

「甘いです！」

ノエラの攻撃はミナベルさんに届くことなく、棒がバシっとはたかれてノエラは手を離してしまった。

「あるじ、ミナ、こんなのできない」

「ああ。間違いなくアナベルさんだ」

「よぉーし、これで町に行って子供たちに会ってきますね」

メイクのせいか、顔立ちもミナそっくりで、表情も柔らかくなっている。

意気揚々と店をあとにしたミナベルさん。

おれとノエラは顔を見合わせてうなずいた。

誰もいなくなるので、店じまいをさっさとして、ミナベルさんのあとを追いかけた。

「よお、ミナちゃん。さっき来たばっかだが、忘れ物かい？」

商店の前を通りかかると、おっちゃんに声をかけられた。

「忘れ物じゃないんです。ちょっとだけ用事があって」

うふふ、と微笑むミナベルさん。

まずミナじゃないって否定しろよ。

「赤いの、不気味」

「そんなこと言うなよ」

普段のアナベルさんとは言動がまるで違うから、ノエラがそう思うのも無理はない。

町の広場にやってくると、遊んでいる子供たちが五人ほどいた。

「あぁー、ミナちゃんだ！」

「今日は何しに来たのー？」

と、偽ミナを見かけると矢継ぎ早に質問を投げかけた。

「今日は、みんなと遊びに来たんです」

やったー、と子供たちが声を上げた。

ミナベルさんは、もしかすると子供好きなのかもしれない。

普段は、物騒な仕事をしているせいで、目つきが悪く子供たちからも避けられるらしい。

けど本当は、こんなふうにして遊びたかったのかもしれない。

「楽しそうだな」

「るー」

子供たちと戯れるミナベルさんを眺めて、おれとノエラはほっこりする。

「アナベルってお姉さんいますよね？　みんなはどう思っているんですか？」

あ、こっそり自分の評判聞いてる。

「怖い」

「目つき悪い」

という意見がどんどん出てくるたびに、ミナベルさんの胸に突き刺さっていく。

「……けど、強い」

「うん。カッコいい」

「剣、振っているとこ見たことある！　スゴかった！」

なんだ。

ちゃんと見てるんじゃないか。

「そうでしたか～」

超上機嫌になったミナベルさん。子供たちに別れを告げて兵舎のほうへ足を進めていく。

「あ。姐さん、何してんですかい？」

ドズさんは騙されなかったらしく、一瞬で見破った。

「今から帰るところなんです」

「……上機嫌ですね。レイジの兄貴のおかげですかね」

ミナベルさんのあとをドズさんがついていった。

おれたちがそれを見守っていると、

「何してるんですか」

と、急に後ろから声をかけられた。

「うわぁ!?　ミナ!?」

「あるじ、本物！」

「本物？」

きょとんとするミナに、ミナベルさんを指差してさっきまでの経緯を説明した。

「そんなにそっくりだったんですか？」

ぶんぶん、とおれとノエラは首を縦に振った。

「アナベルさんの悩みは、解消できたみたいだった」

「る。赤いの、機嫌よかった」

「そうでしたか～。さすがレイジさんですね」

さすがにあんな効力があるとは思わなかったけどな。

「まさかレイジさん……そのミナベルさんのほうがいいかもなー？　なんて思ったりしてないですよね？」

「ないない。ミナベルさんは、たぶん料理できないしな」

「る。店番、できない。ノエラよりも。それ、致命的」

おれたちは三人並んで店へと帰っていく。

「アナベルさんが、わたしのことをそんなふうに思っているなんて意外でした」

「うん。二人って、そこまで仲よくないもんな」

「レイジさんのせいですけどね？」

「え。おれ？」

「るるる？」

「なんでもありません」

ふふふ、と微笑むミナも機嫌がよさそうだった。

あとになってドズさんから話を聞くと、三日ほどミナベルさんになったまま直らなかったらしく、「この姐さんもこれでまた良き」という団員たちが増えたらしい。

「野郎どもが珍しがって、姐さんのところに行ったり来たりして、仕事にならなかったんでさぁ」と、やれやれといった様子で肩をすくめていた。

15　キリオドラッグ解散1

それはとある日のこと――。

何でもない一日だと思っていた。

グリ子が何かを訴えるように、外で「きゅぉぉぉ」と鳴き声を上げている。

「グリ子、どうしたんだろう」

腹でも減ったのか？

店内でおれが首をかしげていると、ぴくぴく、とノエラの耳が細かく動いた。

「あるじ、いっぱい来る」

「お客さん？」

「知らない足音。いっぱい」

知らない足音がいっぱい？

やがてガシャガシャ、と重そうな金属音が聞こえてくると、大柄な騎士がやってきた。

顎鬚、口髭を蓄えた渋そうなオッサンだ。

「店主。店主はおらぬか」

「はい。僕がそうですが」

騎士のオッサンの後ろには、店先で待機している部下らしき騎士が一〇人ほど。

騎士のオッサンは、じろりと店内を見回し眉をひそめた。

「私はドニス・イルドランスという。アンボメス侯爵様にお仕えする騎士の一人だ」

「は、はあ……僕はレイジといいます」

どうも、とおれは小さく会釈をする。ノエラは剣呑な気配を察してか、おれの後ろに隠れながら警戒の眼差しを送っていた。

アンボメス侯爵？　はじめて聞く名前だ。

エレインのところは伯爵家だから、それより格上の貴族様なんだろうってことはわかる。

「隊長。外に厩舎があります。そこにグリフォンが――」

「うむ。ここで間違いないな」

うなずくドニスさんにおれは尋ねた。

「あの、薬のお買い求めですか？」

「……危険な魔物を飼っており、魔族の男が出入りするという店はここだな」

有無を言わさない圧がある。

薬を買いに来た客じゃないってことは、すぐにわかった。

この町やおれの店に馴染みがない客が見れば、そう見えるのかもしれない。

「危険って、そんな――。あのグリフォンは生まれたときからずっと育てていて、今まで誰かの迷惑になったり、被害を出したことはありません」

魔族の男ってのは、エジルのことだな。

これは否定できない。

「これからもそうだと保証はできぬ。魔物使いというわけでもないだろう、君は。何かあってからでは遅い。魔族の男もそうだ。ここによく出入りをしているという」

「何が言いたいんですか」

「魔王軍との争いが絶えぬ状況を鑑みれば、この店は怪しいと言っている。魔族の何らかの拠点となっているのではないか」

「そんなわけないじゃないですか」

何を言い出すんだ、このオッサン。

おれはため息をひとつついた。

エジルが今いなくてよかった。いれば余計ややこしくなっていただろう。

「その確認に来たんですか？　なら、もう用は済んだでしょう？　お引き取りください」

ドニスさんは、懐から丸められた羊皮紙を取り出して広げてみせた。

「グリフォンと魔族の男を引き渡してもらう。アンボメス侯爵からのお達しだ。『カルタの町外れにある店は、魔族の拠点となっており、我々人間の情報を集めている危険な店である』とな」

「そんな強引な！　待ってください。そんな事実どこにも――」

ここはバルガス伯爵領だ。どうしてそんな余所の侯爵が今さら。

しかも酷《ひど》い言いがかりだ。

　ドニスさんはおれの言葉も聞かず、背後を振り返りあごをしゃくる。部下の三人が、厩舎のほうへ向かった。

「るッ」

　走り出したノエラが店を出ていった。

「わっ」

「何だ、獣人」

「何をしている貴様」

　騎士たちの声がすると、バサバサ、と翼を鳴らす音がした。

「た、隊長！」

「何だ」

「に、逃げられました！　獣人の娘が厩舎から連れ出し、そのまま飛んでいき――」

「何ィ？」

　ドニスさんがギロと睨むと、部下の騎士の顔が強張った。

　ノエラが逃がしてくれたんだ。

　あのままならグリ子は連れていかれてしまっただろう。

「レイジとやら、逃げたグリフォンも、魔族の男も引き渡せ。魔族の拠点でないというのであれば、できるであろう」

「あいつは、たしかに魔族ですけど危害を加えるようなことは何も」

魔王としてのエジルがどうかは知らん。

けど、ここに通っているバイトのエジルは、何もしてない。

「貴公に取り入り、魔族の利となる情報を集めているのだ」

そんなわけ……。

「上手く取り入ったようだな。どうやら、貴公は知らなかったらしい」

「——そんなわけないだろ！　エジルはそんなことしない！　グリ子だってそうだ。勝手に来て、勝手にあんたたちの被害妄想押しつけてくんじゃねえ！」

怒りで目の前がチカチカする。吐く息が震えているのがわかる。

震えているのは息だけじゃなくて、手も膝もそうだった。

ドニスがすらり、と抜いた剣を目の前に突きつけてくる。

ビビりそうなところを、奥歯を噛んでぐっとこらえた。

「……『危険な店』というのは、何もグリフォンや魔族が通う拠点だからというだけではない」

何が言いたいんだ。

「コレに見覚えは？」

また懐から何かドニスが取り出した。

それは、おれがよく知っている物だった。

【強カプシン液】【ストレンス・アップ】【小さな巨人】【パララ・ライ】。

この組み合わせを見た瞬間、おれは何が起きたのか察した。

【強カプシン液】は強烈な催涙効果をもたらす。
【ストレンス・アップ】は一時的に物理攻撃力を高める。
【小さな巨人】は一時的に体を小さくすることができる。
【パララ・ライ】は、動物や魔物を麻痺させる効果がある。

「我らの町を強襲した盗賊団の所持品から多数発見された。常々危険にさらされていた町の警備は厳重であったが、『どこからともなく』彼奴らは現れ、町に火を放ち、物資を奪い、被害をもたらした。我らの仲間が幾人も、彼奴らの手にかかったのだ」

目の前が真っ暗になった。
町を守る赤猫団用に創薬したものだったり、対魔物用に開発したものだった。
買いに来た本人、もしくはそれを受け取った第三者が、悪用したんだ。

おれは、おれの薬が正しく使われるものだとばかり思っていた……。

ドニスは店をどうやって割り出したのかを語っていたけど、全然耳に入らない。
魔族を匿っていないか、と家探しをされた。ミナの小さな悲鳴がして、しばらくするとドニスたちは店を去っていった。

「店の評判は風の噂で聞く。だが、こうなった以上はもう致し方ないのだ」

そんな言葉を残して。

おれはしばらく立ち尽くしたまま動けなかった。

おれの薬が悪用された。

グリ子とエジルを引き渡せなんて、そんなこと、できるはずない。

おれがこの店の主で、おれの判断でエジルを雇って、おれの責任でグリ子を育てた。

おれが守る。みんな。

視界に入っていたミナが、おれを呼んでいる。

「――さん？　……レイジさん。――レイジさん！」

ようやく焦点がミナに合った。

「あ、ああ、ミナ……」

「騎士の人たちに話を聞きました」

酷い顔をしていたんだろう。

ミナは何も言わずにおれを抱きしめた。

「……大丈夫です。きっと大丈夫です……」

ミナ自身も不安で心配でちょっと泣いているくせに、おれを励ましてくれた。

戻ってきたノエラもおれに抱き着いた。

グリ子はエレインの屋敷に預けてきたそうだ。

どうしたらみんなを守れるのか。
それだけを考えていた。

16　キリオドラッグ解散2

その日からキリオドラッグは臨時休業に入った。

そして今日は、キリオドラッグの全員を集めて会議をしていた。

預けていたグリ子を引き取りにいき、シフトが入っていたエジルとビビにも今回のことを説明した。

「愚かなニンゲンめ！　余が滅ぼしてくれるッ！」

「待て待て。余計に話がややこしくなるだろ」

いや、本来それが目的っていうのは知ってるけど。

「それで……レイジくん、どうするの？」

怒りをあらわにするエジルとは違い、ビビは心配そうだった。

「グリ子もエジルもあいつらに渡さない。誰も欠けさせたりさせない」

「先生……」

「レイジくん……」

二人とも感激したような目でおれを見つめてくる。

「先生、余もアンボメス侯爵というのは耳にしたことがあります。大都市を中心とした領地を持つ貴族だそうで」

「そのへんについては……」

まだ来ないのか、と外を窺うと、ちょうど馬車が止まった。

「みなさんご機嫌よう」

エレインがレーン執事の手を借りて馬車から下りてきた。

グリ子を引き取りに行ったときに、ひと通りの説明をバルガス伯爵にはしていたのだ。

おれは挨拶もそこそこに切り出した。

「さっそくだけど、バルガス伯爵、どうだった？」

ふるふる、とエレインが首を振る。自慢の縦ロールがふわふわと動いた。

「抗議をしにアンボメス卿のところへ行ったのですけれど……取りつく島もなかったようですわ」

おれが説明したときには、使者を送るって言っていたけど、自ら行ってくれたようだ。

「『力になれずすまない』と、お父様が……」

「そうか。バルガス伯爵には、お礼を言っておいてくれ」

バルガス伯爵曰く、アンボメス侯爵がキリオドラッグが危険な店だと勘繰るようになったのは、盗賊が町を襲うのに商品を使っていたからだという。

それから調べていくと、グリフォンを飼い、魔族が通う場所だと判明し、危険な店だと判断したということらしい。

そのような危険な店、自領だろうが他領だろうが関係ない、と。

薬の開発者ってだけで捕縛されても文句は言えなかっただろう。

ドニスは風の噂で店のことは聞いたことがある、と言っていた。危ない店ではないと、知っているふうでもあった。

「レイジ様、お覚悟をお決めください。バルガス家の婿になる、というお覚悟を！」

「何でそうなるんだよ」

「ノエラさんではどうにもできなくってよ！」

「マキマキ、ノエラ、あるじ渡さない！」

「るうううう！」

「むうううう！」

「やめい」

ビシ、ビシ、とノエラとエレインの頭にチョップをする。

「ですが……レイジ様、これが一番現実的な手段ですのよ？　お抱え錬金術師になれば少々のことならバルガス家が後ろ盾になってあげられますの」

「薬師な、薬師」

でも、キリオドラッグ全員を、というわけではないだろう。

バルガス家でお世話になるにしても、ノエラとミナ……それがせいぜいだ。

「先生。余のことはお気になさらないでください。余がここへ通っていることを勘づかれたのがマズかったのです」

「キリオドラッグのメンバーは不変だ。誰も欠けないように最善を尽くす」

うるるるるる、とエジルが瞳にいっぱいの涙を溜めた。

「余は、いい師を持ちました……！」

「弟子にした覚えはないけどな」

エレインの案に乗っかると、今度何かあれば、後ろ盾となってくれるバルガス家に迷惑がかかってしまう。

「エレイン、魅力的な提案だけど、何かあったときバルガス家に迷惑はかけられない」

ほぅ、とミナが安堵したようなため息をこっそりついた。

「マキマキ、残念だったな」

「モフ子、エレインを煽るな」

ビシ、とまたノエラの頭にチョップする。

「レイジくん。きゅーちゃんのことも、エジルくんのことも、向こうが言う無実を証明することはとっても難しぃと思うよ……？」

「ああ。そうなんだよな……」

やらないことは証明できない。信用してくれといっても、魔物と魔族。

第三者が客観的に見て信用に足る材料を用意できても、おれの薬で害を被ったアンボメス侯爵が信用してくれるとは思えない。

「キリオドラッグ、解散するしかないのか……」

むぅう、とおれは腕を組む。

「び、ビビさんがネガティブ発言をするから、レイジさんがそれに引っ張られていますー!?」

「違うよ、ミナちゃん。ボクが言ったのは、リアル。ニンゲンとはなんぞや、という哲学ですらあるよ」

そうは言ってないだろ、絶対。

「先生、断腸の思いですが、しばらく余が通うことをやめればどうでしょう」

「いや、見なくなったら見なくなったで、何かしらイチャモンをつけてくるだろう。隠してるとかなんとか言ってな」

「チッ。なぜニンゲンは同じ種族でこうも足を引っ張り合うのか」

嘆くようにエジルが首を振ると、ビビは得意げに胸を張った。

「ほらー。やっぱり哲学」

エジルもグリ子もこのまま……となると……町外れとはいえ、ここにいられないのかもしれない。

「なあ、ビビ、一個頼みたいことがある」

「え、何!? 珍しいね、レイジくんがボクに頼みごとなんて！」

珍しいというか、はじめてのような気がする。

おれは用件をビビに伝えると、「任せてよ！」とふたつ返事で胸を張った。

「アンボメス卿はなんて酷い貴族なのでしょう。わたくし、見損ないましたわ」

ぷんぷん、とエレインが怒っている。

「盗賊に渡した者が悪いのですわ。レイジ様は顔のわからない相手にはお薬は売りませんもの」

出張店舗をやったりするけど、薬を売るのは、基本店にやってきた人に対してだ。

……。

「なあ、ミナ。あとで確認したいことがある」

「え？　わたしにですか？　いいですけど、何でしょう」

不思議そうにミナが首をかしげる。

「エジルも」

「ん？　余もですか？　まさか、今回の件を侯爵に謝罪し余に自爆しろとおっしゃるのでは」

「そんなこと言わねえって」

考えてみた。キリオドラッグのことを。

キリオドラッグってのは何なのか。


「ミナ、おやつ。ノエラ、もらった焼き菓子ほしい」

「わかりました。そろそろお茶を淹れましょうか」

「ボクも手伝うよー」

ミナとビビが席を立ちキッチンのほうへ行く。

「ノエラ、グリ子見てくる」

「わたくしも行きますわ～」

二人もお茶の準備ができるまで席を外した。

「エジル。おれは創薬をやめたほうがいいのかな」

エジルと二人きりになると、思わず弱音をこぼしてしまった。

「フン。それこそ愚かなことです。先生」

手慰みに、エジルが店に設置してあるリクエスト箱を開けて中を確認していく。

真面目な話になると、エジルが一番話しやすい。

「これも。こっちもだ……」

エジルはぶつぶつぶやきながら十枚ほどのリクエスト票を集めた。

「先生の名声が高まり、こんなに下民の声が集まっているのです」

「下民って……」

苦笑しながら、おれはエジルがおれの前に置いてくれたリクエスト票を見る。

『ポーションのおかげで怪我がすぐ治りました。ありがとう！』

『洗剤のおかげで家事がとっても楽です！』

『とても便利な薬をいつもありがとう』

目がうるんだ。視界がぼやけて手元が見えなくなった。

「……っ」

「先生、悪いのは誰ですか。先生ですか？　いいや。悪事を働く者です。ただ今回は悪意あるニンゲンの手に先生の薬が渡ってしまった——それだけのこと。先生が心を痛める必要はまったくありません」

リクエスト票を見ては、エジルがより分けていく。まだまだ『リクエスト』はあるらしい。

「ナイフで人が殺された場合、悪いのはナイフを作った者ですか？」

気にしなくてもいい——とエジルが言っている。

でも、おれが薬師を続けるのなら今後の対策は考えないと。

「エジル、ありがとな」

「やめてください、先生。付き合いが長くなれば、恩のひとつを返すことくらいありますよ」

そう言って笑った。

17　キリオドラッグ解散３

エレインがボソっと言った話を聞いたおれは、作戦を考えた。

その話というのは、日本人的に言うと、お歳暮、お中元の話である。貴族もそういうものを送り合い、機嫌を取っているようだ。

これはワンチャンあるぞ。

「余が幻覚魔法を使えば、ニンゲン風情思いのままに……」

「いいんだ、エジル。もし魔族であるおまえが協力しているとわかれば、おれたちの心証が悪くなる」

「今回に限り、余は関与するべきではないようですね」

渋い顔をして、エジルはため息をついた。

外からグリ子の声が響いた。この前の警告するような鳴き声だった。

「あるじ。また来た。この前の足音」

「このタイミングかよ。ノエラはグリ子を頼む」

「る！」

「エレインはノエラと一緒にグリ子で避難を」

「わかりましたわ」

「レイジさん、わたしは、わたしは何をしましょう？」

ミナは自分を指差している。

「ええっと……ミナは、霊体化したらいいよ」

「そんなぁ……わたしもお手伝いしようと……」

しょぼん、と肩を落としたミナは、奥へ消えていった。霊体化するとこの家の主人じゃないと見えないって話だから、この前の騎士たちが踏み込んできてもわからないだろう。

「レイジくん、ボクは!?」

「おまえは帰ってよし」

「なんで!?　帰らそうとしないでよぅ」

「おまえがいてもしょうがないだろう？　あ、エジルもだぞ。早く――」

と言って見回すけど、もう姿はない。

い、いねえ。逃げるの早っ。

「レイジくんは、どうするの？」

「ま、大丈夫だ。心配すんな」

帰り支度を進めるエレインに、おれはひとつ頼み事をした。

これで何かあっても、逆転の目は残る……はず！

心配そうなビビを帰らせると、急に店がガランとしてしまった。

……何だか寂しいな。

『お客さん』が来るまで、ポーションでも作ろうか。

創薬室に入ると、ふわわわわ〜、と霊体化しているミナが天井に現れた。

「レイジさん……」

「おれ、考えたんだ。『キリオドラッグ』って何なのか」

手を動かしながら、ひとつ、またひとつとポーションを作っていく。

バッサバッサ、とグリ子が羽ばたき、飛んでいくのが見えた。ノエラとエレインがその背に乗っている。

「『キリオドラッグ』……ですか」

「うん」

そのとき。

ガシャガシャ、と足音がして、創薬室の扉が明けられた。

「レイジ・キリオ！　グリフォンと魔族の引き渡しに応じなければ、我が主、アンボメス様は貴公を罪に問うと仰せである！」

入口に立っていたのは、先日のドニスだった。

「……騒々しいですね。仕事の邪魔をしないでください」

「話す気はないか？」

これが最後のチャンスだ、と言いたげな表情に、おれはだんまりを決め込んだ。

「連れて行け」

冷たい声で指示をすると、騎士が中に入って来て、後ろで両手首を縄でくくられた。

「――レイジさん！」

「大丈夫。おれは大丈夫だから」

心配そうなミナにおれは言うと、両腕をゴツい騎士に抱えられ、外に連れていかれた。

何も抵抗するつもりはないっていうのに、ずいぶんとキツく腕を掴まれた。

この人たちの腕力や握力があれば、おれの腕なんて軽く折れるんじゃないか？

騎士の再訪がよっぽど心配だったらしく、アナベルさんとポーラが様子を見に来ていた。

連行されるおれを見て、声を上げて騎士たちに抗議をしていたが、そんなものが通るはずもなく、おれは馬車に押し込められた。


到着したのは大都市だった。

ここがアンボメス侯爵領のようで、おれはその屋敷にある地下牢へ連れていかれた。

「しばらく考えるといい」

去り際に、ドニスはおれにそう言った。

それから、一日に一度、交換条件を出すアンボメスの使いが現れた。

「アンボメス様は、貴様の実力を高く買っておられる。アンボメス様直属の薬師として、主人の望む薬を作れ。それが約束できるのであれば罪は不問すると仰せだ」

大罪を理由に、おれを囲っておきたかっただけか。

最初こそ断りの言葉を口にしていたけど、いい加減面倒になって使者の話はほとんど無視していた。

エジルの居場所を吐け、とか。あの店の本当の役割は何だ？　とか。拷問されるのかと思ったけど、そんなこともない。

地下牢での待遇は最悪だけど、暴力を振るわれないのは、不幸中の幸いと言えた。


時間感覚がなくなったので正確かどうかは怪しいけど、地下牢に入って一週間ほど経ったある日。

ドニスが顔を見せた。

「出ろ。アンボメス様が貴様に会うと仰せだ」

「……」

地下牢の錆びた鉄扉がギイと音を立てて開いた。

手首から伸びる縄をドニスが引き、両脇を部下の騎士が固めた。

地下を出て、連れていかれた先は、執務室のような場所だった。恰幅のいい貴族が大仰な机の前に座っている。

あの人がそうらしい。

「君が、レイジ・キリオか」

「はい」

「このままでは、私は君に死罪を言い渡さねばならん。わかるかね」

「……」

「私の部下となれ。盗賊被害が大きく、それは君が作った薬が助長している。看過できない問題である。——が、レイジ。私はそれを、君が部下になることで見過ごしてやろうというのだ」

もしかすると、魔族が店に通っていたという状況は、アンボメスにとってはいい口実になっただけなのかもしれない。

「答えを聞こうか」

「何度同じことを訊かれても、答えはノーです」

「死ぬつもりか」

「それは、困ります」

「では答えはひとつではないか」

「……僕は、特定の人の利益のために薬は作りません。みんなが、楽しく豊かに暮らせるための薬。作りたいのはそれだけです」

そうだ。『キリオドラッグ』ってのは、そのための店だ。

ノエラがいて、ミナがいて、ビビがいて、エジル、グリ子がいる。

常連のポーラやアナベルさん、ジラルにエレイン、クルルさんとリリカのエルフ兄妹。

おれがいて、みんながいる。それが『キリオドラッグ』だ。


鼻白んだようにアンボメスは顔を歪めた。

「もうよい。時間の無駄だ。バカには話が通じなくて困る」

顎をしゃくると、ドニスが縄をぐいっと引っ張る。

出ていこうとすると、外からドタバタ、と雑な足音が聞こえた。

ドンドンドン、と慌てたように扉がノックされる。

「入れ。何だ」

アンボメスが機嫌悪そうに言うと、入ってきた使用人は、汗をだらだら垂らしながら「あの、あの、その」と屋敷の出入口を指差しながら、言葉を継げないでいた。

「落ち着かれよ。どうしたのだ」

ドニスが尋ねると、一度深呼吸して使用人は言った。

「陛下が、おみ、お見えです……」

「へっ、陛下が――っ!?」

ガタリ、とアンボメスが席を立った。

「で、出迎えねば――」

血相を変えたアンボメスは、邪魔だ、と使用人を手で押しのけ執務室から出ていった。

主を見送ったドニスがおれに目をやった。

「強張った表情がいくらかゆるんでいるようだが」

「気のせいですよ」

18　キリオドラッグ解散４

きゅぉー、と外から聞き慣れた鳴き声がすると、廊下のほうからも声が聞こえた。

「陛下がわざわざ面と向かって会話をするような輩では……」

「よい。気にせぬ」

「で、ですが……」

「余が話してみたいのだ」

ドニスたちが片膝立ててしゃがむと、同じようにおれもしゃがまされ、強引に下を向かされた。

扉がノックされ、すぐにその人は中へやってきた。あとに続いたアンボメスが、「ささ、こちらへ」とソファへ案内をしている。

「みな顔を上げて楽にしてくれ」

まだ若い精悍な声だ。

「国王陛下が仰せだ。顔を上げい」

偉そうなアンボメスの声が続いた。

おそるおそる顔を上げると、若王と言って差し支えのない青年王がソファに腰かけていた。

「そなたが、カルタの薬師か」

「はい」

おそらく同年代。口や顎に髭があるからそう思うだけで、それらを剃った顔はもっと若いのかもしれない。

「拘束を解いてやれ」

「しかし、陛下。この男は……」

「よい」

ははぁぁぁぁ、と大げさに頭を下げたアンボメスが、くいくい、と顎をしゃくると、縄が解かれ、両脇にいた騎士が距離を取った。

「バルガス伯爵から、いつも特殊な薬をもらっていてな」

「ば、バルガス伯爵、から？」

アンボメスが尋ねると若王はうなずいた。

「ああ。はじめは、当然警戒をした。何せ送られてきたのは薬。毒でも盛られやしないかと肝を冷やした。が、鑑定士曰く、この世にまたとない逸品なのだと驚いていた。またとないそれが、定期的に送られてくるのだから、さすがに驚いた。誰が作っているのだ、とな」

「……」

何の話かアンボメスが察した。

おれがエレインから聞いていた話は、バルガス伯爵がことあるごとに王家へお土産を送っているという話だった。そういうときは、地域の産物や珍しい品を送るのが普通らしいけど、バルガス伯爵は、おれの薬を送っていたようだった。

バルガス伯爵に、今回の件を国王に知らせてほしいと、おれはエレインに頼んでいたのだ。

「アンボメス卿。彼は罪に問われているようだが、余に免じて許してやってほしい」

「へ、陛下、恐れながら、この薬師は魔物を飼い魔族の男を出入りさせていた大罪人にございます。無罪放免というのは、さすがに……」

よく言うよ。交換条件を呑めば不問に処すって言ってたくせに。

「ずいぶん前から、『キリオドラッグ』のことは存じておる。魔族が出入りしているのも、承知の上だ」

「それを黙認されていたのですか」

「最初は、その魔族が作っているのだと余は思っておったが、作っているのは人間の青年だとすぐにわかった。以来、何も異変は起きていない。調べさせたが、その魔族も、おかしな行動は何もしていなかった。アンボメス卿、何をしていたと思う？」

「何を……？　破壊工作の準備などでしょうか」

はっはっは、と若王は笑った。

「働いておったのだ。店の一員として」

「はたら……へ？」

「何かするにしても、カルタの町で騒動を起こしてどうする？　やるならここや王都でするだろう。片田舎で破壊工作も情報収集も何もないであろう」

「さ、さすがは陛下！　ご賢察、恐れ入るばかりでございます」

アンボメスはにこやかに揉み手をしていた。

「たしかに、魔王軍との戦いでは、魔族は敵である。だが、敵は魔王軍であり魔族個人ではない」

若王様、すげーいいことを言ってくれる。その通りだけど、あいつがその長だからなぁ。

「よって、害のない魔族だと余は判断し、黙認しておったのだ」

「なるほど、なるほど、賢明なご判断でございますなぁ」

若王様が、完全におれの擁護をしていると察してから、アンボメスは若王様のイエスマンになっていた。変わり身が早ぇ。

「その件に関しては、許してやってほしい。キリオドラッグに通っておる魔族は、悪いモノではない」

「は、ははぁぁ……」

うんうん。ノエラをどうこうしたいっていう、下心しかないからな、あいつ。

「何より、余は楽しみにしておるのだ。彼の作るポーションを」

目が合うと、若王様はにっと笑った。

「ありがとうございます」

おれは小さく頭を下げた。

「陛下、この町が盗賊被害に遭ったことはご存じでしょうか？」

おれが尋ねると、何を言い出すのか、とアンボメスが警戒の顔色をする。

「うむ。多数の被害が出たことは聞いた」

「経緯はどうであれ、きっかけとなったのは私の薬です。おそらく、買った者の中に盗賊に横流しをした者がいて、結果、多くの被害を出してしまいました。私はこれを重く受け止めています」

人の悪意を久しぶりに垣間見た。

重く受け止めたし、何よりショックだった。周囲の人たちが穏やかで優しいから、その分余計に。

「賊は賊である。そなたが責任を感じる必要はない」

エジルも同じことを言った。でも、このままじゃ、またおれの薬は誰かに悪用される。

それは嫌だった。

何か対策をしないと。

あの日からずっと考えていたことだ。

「これまで通り薬を作ることをやめようと思います」

「き――貴様、陛下が楽しみにされておる薬を作らぬと言うか！」

目を剥いたアンボメスが食ってかかる。

けど、若王様がそれを制した。

「待て、アンボメス卿」

「は、ははぁぁぁ……」

おれは正直に話すことにした。

「誰かのためだったり、生活を豊かにしたり楽にしたりする薬が、悪人に使われる……これはあってはならないことです。あの薬を作らなければ、被害は出なかったでしょう。それが耐えられません。同じように創薬し販売していても、価値を知った者が転売や横流しをし、悪意ある第三者の手に渡ってしまうことが今後もあるでしょう。なので……」

みんながおれの話を聞いてくれていた。


「店をたたみます。今日で閉店です」


こんなことを自分の口から言う日が来るなんて、思ってもみなかった。

みんなとの思い出が脳裏をよぎり、涙で視界がくもった。

「……そうか。残念だ。だが、そなたのような者だから、あれらの薬が作れたのかもしれぬな」

肩を震わせるおれに、若王様はいくつか慰めの言葉を投げかけてくれた。それから念を押すように、おれの無罪放免をアンボメスに言いつけて、部屋を出ていった。

もうおれに用のなくなったアンボメスが騎士に何か言って下がらせた。

「見事なお覚悟でした」

ドニスはおれにそう言って部屋を出ていった。

やってきた使用人に門の出口まで送られると、ノエラとミナが待っていた。

「あるじ！」

「レイジさん！」

駆け寄ってきた二人を抱きしめた。

一週間ぶりくらいなのに、何年かぶりの再会に感じた。

「あるじ、あるじぃぃ……」

「レイジさん、よかったです……本当によかったです……」

「ごめんな、心配かけて。ごめんな……」

わんわん泣く二人の顔を見て、安心しておれも涙がまた出てきた。

なぜか門番もぐすん、ともらい泣きしていた。

19　キリオドラッグ解散5

「ノエラ、おっちゃん、マキマキ。三人で、王都いった」

とノエラが言った。

おっちゃんってのは、たぶんバルガス伯爵のことかな。

街を出たところで、空からグリ子が下りてきた。

グリ子の背に乗って、移動をはじめたあたりで、おれはこれからのことを二人に話した。

「店を閉めようと思う」

「るぅ……」

それ以上の返事はなかった。

思えば、おれとノエラの二人しかいなかった。

そこに、ミナが加わって、エジルがやってきて、ビビがバイトするようになって、グリ子が生まれた。

「店なくす、イヤ。ノエラ、イヤ……」

「ノエラさん……」

「きゅおぅ……」

と、グリ子まで悲しそうに鳴いた。

住み家は、今ビビに頼んでよさそうなところを探してもらっている。

森の中で、と限定したので、今よりもっと不便になるだろうけど、それくらいがちょうどいいと思う。

店まで帰ってくると、エジルとビビが待っていた。

「先生、おかえりなさいませ！　よくぞご無事で！」

「レイジくん、よかったよぅ……また会えて」

帰りを喜んでくれる二人。

今後の話をみんなにしようとノエラに声をかけたけど、聞きたくないのか、逃げるようにして部屋のほうへ行ってしまった。

「ノエラさん、ここが大好きなんですね」

「おれもだよ、ミナ」

「何、言ってるんですか、わたしもですよ」

ミナが涙を指先でぬぐう。

店舗内を振り返り、思い出に浸っていると、また泣きそうになった。

涙が引っ込んだあたりで、おれは残りの二人にもこれからのことを伝えた。

「エジル、ビビ。おれは、これまでみたいに薬は作らない」

エジルもビビも、何も言わなかったけど、ややあってエジルが口を開けた。

「……先生が、そうおっしゃるのであれば、余は従います」

「だから、レイジくん、ボクに森の中を……？」

「新しく家を作れそうなところ、見つかったか？」

「うん。森の中だけど、近くに湖があって」

「おまえんちの近くじゃねえか」

「えー、いいじゃん、いいじゃん！　ご近所さん、いいじゃんー！」

わかった、わかった、とおれはビビを宥めた。

「先生、これからは、森暮らしをされるので？」

「そういうこと。……エジル、その家に隠蔽の魔法を使ってほしい。何かの噂を聞きつけて、強引に薬を作らせようって輩《やから》が来ないとも限らない」

「承知しました。……先生、引っかかっていたのですが『これまで通り作らない』ということは、作るには、作るのですか？」

「あー……まあな。でも、商売はしない。本当に必要な人に、必要な数だけを作ろうと思う。だから、もう店じゃないんだ」

「なるほど。どうして先生が薬を作らない、と断言しないのかわかりました」

「困っている人がいれば、作るってだけの話だ」

「読めました。……特定のニンゲンだけに、先生の新居が見えるように、もしくは辿り着けるようにすればいいのですね」

こいつは、おれが言う前に理解してくれるな。

「うん。そういうこと。誰でも来れる場所じゃなくて、特定の人のみ。一見さんお断りにしようと思う」

それを薬屋とはもう言わないんだろう。

でも、おれが見て聞いて、困っていると判断すれば、薬は必要な数だけ作る。商品にはしない。

それが一番じゃないかと思った。

「レイジくん、それならここでもいいんじゃ……」

「もし何かのはずみで見つかったら、今まで通り営業してるって思われるだろう？　で、たぶんおれは事情を聞かされれば、きっと薬を作ってしまうだろう。

「なくなったことにして場所を森の中へ移す。そして、一部の人たちだけにはそのことを伝える……ということでしょうか？」

ミナがまとめてくれた。

「そういうこと。なくなったことがわかりやすいように、最初は、ここを解体したほうがいいと思ったんだ。けど……」

ノエラが悲しむし嫌がる。おれも悲しいし、ミナも悲しい。

「引っ越しするだけにしようと思う」

こそっとノエラがこっちを覗いていた。たぶん、さっきまでの話をずっと聞いていたんだろう。

「ノエラも、それでいいか？」

「わかた」

ちょいちょい、と手招きすると、ノエラはおれに抱き着いた。

これで、キリオドラッグは閉店だ。


三か月後。

大工のレジェンド、ガストンさんたちに森の中に家を建ててもらった。

日差しが入り込むこともある、爽やかな森林浴ができるいい森だった。

新居から歩けば一〇分ほどでビビの湖があり、そこから流れる川があり、山菜や薬草なんかも採れる。

新居完成までのしばらくは、エレインの屋敷で寝泊まりさせてもらっていた。

「わたしの……わたしの頼んでおいた通りのキッチン……！　か、感激です～！」

意見を取り入れたらしい最新キッチンにミナが目を輝かせていた。

新居に引っ越してからもう三日経つのに、毎回同じことをミナは言う。

「ミナのおかげだよ。おれ、あんなにお金があるなんて全然知らなかったし」

「えへへ。わたし、貯金が趣味といってていいほど、貯めるのが好きなんです。といっても、レイジさんに浪費癖はないですし、使う何倍もの収入がありましたから」

「そして今は無職、と」

「そうですよ、レイジさん。おうちでぼんやりしているだけじゃ、ダメなんですから」

いたずらっぽく怒ったような表情をしたミナは、最後にふふっと笑った。

「無駄遣いしなけりゃ、しばらく自由に暮らせるんだろ？　まあ、ぼちぼちやっていくよ」

しょうがないですね、とまたミナは笑い、キッチンで何か作業をはじめた。

手伝うことはないか訊いたけど、座っててていいそうだ。

外ではグリ子とノエラが遊んでいる声が聞こえた。

グリ子の声がわからないと不便なときだけ、【トランスレイターＤＸ】を作っているため、もうずいぶん声を聞いていない。

エジルに隠蔽魔法とやらをかけてもらったので、誰かが近くを通っても気づかれることはないそうだ。予定通り、特定の人にだけ見える隠蔽看破の魔法をかけてある。

「うはっ。ちょーいい家じゃん！　あーちゃん、見て見て」

「見てる、見てるから服を引っ張んじゃねえ」

とまあ、こんな具合に普通に見つけられる。

「はろー、はろー。新築パーティもうやってるの？」

ポーラが、どん、とワインボトルをテーブルに置いた。

「見りゃわかるだろ。今ミナが準備してんだよ」

「薬屋、元気そうだな」

「アナベルさん、遠くからありがとうございます」

「なんかレーくん、うちだけ扱い違くない？」

アナベルさんからは、昨日狩ったばかりの猪肉の塊をもらった。

ううん、これはミナにパスしよ。

肉の塊に困っているミナを見かねて、アナベルさんが言った。

「あんたじゃ、わかんねえだろ。手伝うよ」

「あ。ありがとうございます」

……おお。珍しい。キッチンに、ミナとアナベルさん。

何かと張り合ってるのに、今日は平和だ。

「なあ、薬屋。他は誰が来るんだ？」

「ええっと……」

教えようとすると、外からまた声が聞こえた。

「遠いですわぁぁぁぁ！　不便ですわぁぁぁぁぁぁぁぁ！」

元気な縦ロールですこと。

思った通り、次にやってきたのはエレイン。それからウサギ亭のレナだった。

挨拶もそこそこに終わらせると、エレインはソファに横になった。

「わたくし、疲れましたわ……」

「お嬢様、そんなこと言わないでさ。庶民はこの程度の距離、なんてことないんだよ？」

ひょこっとノエラが窓から顔を出した。

「マキマキ、レナ、来た」

「狼ちゃん、来たよ〜」

「ノエラさん、わたくし、ここへはもう来れないかもしれませんわ……過酷ですわ……」

「ノエラ、一向に構わん」

「構ってくださいまし！」

じたばたとソファで足をバタつかせるエレインを見て、レナとノエラが笑った。

お邪魔します、と入ってきたのは、エルフのクルルさんとリリカの兄妹だった。

「レイジちゃん、僕を新居に招いてくれるなんて……！　感無量過ぎる……！」

クルルさんは、ハンカチで涙をぬぐいはじめた。そんなに嬉しかったのかよ。

横目にそれを見たリリカは、小さくため息をついた。

「こんな感じで、ずっと泣いているのよ。困ったものよね。それはともかく、呼んでくれて、ありがとう……」

ん、とぶっきらぼうにリリカは果物が入ったバスケットを突き出した。

「サンキュー。なんかみんなにもらってばっかで悪いな」

「レーくん、もらっときなって。それくらいさ、みんなレーくんのこと好きなんだよ」

にこにこしながらポーラが言うと、顔を赤くしたリリカが両手と首を振って否定した。

「ち、違う。そういう意味じゃないわよ！」

次は、ジラルとフェリスさんの二人がやってきた。

「おぉー、ジラル。よく来たな」

「いや、マジで、レイジくん遠いよ」

「ま、そう言うなって」

「町を震撼させた事件も、無事に終わってよかったよ」

「心配かけて悪かったな」

ジラルと握手をして、お互いの背中を軽く叩いた。それを見たクルルさんが目を剥いていた。

「レイジちゃん、こ、この男は……!?」

「友達のジラル」

「僕には、握手も背中トントンもしてくれなかったじゃないか!?」

「いや、だって別に友達じゃないし……」

「あぁ――――――――！　聞きたくない、聞きたくない！」

「兄さん、騒がないで。もう、ほんとに恥ずかしい……」

ゲシ、とリリカがクルルさんのスネを思いきり蹴った。

「おうふっ」と悶絶したクルルさんは、すぐに静かになった。

さて、残るはあと二人。

「エジルくん。いい加減覚悟を決めなよぅ。レイジくんも、責めたりなんてしないよ」

「ビビさん、これは余の問題です。償わなければ……」

店員コンビがやってきた。

姿が見えたので、窓を開けて声をかけた。

「おい、エジル。まだウジウジしてるのか？」

「はっ。先生⁉　こ、この度は、余の存在が半端ないせいで……多大なご迷惑を……」

恐縮しっぱなしだった。最近ずっとこんな感じ。

いつの間にかそばにいたノエラが、脇から顔を出した。

「あるじ、いい、言ってる。おまえ、話聞いてない」

「ノエラさん！　ノエラさんは、許して……くれ……？」

「あるじ、許す。なら、ノエラも、許す」

ノエラが、ちょっとだけ大人になった。

前なら、永遠に許さん、まで言いそうだったのに。

「許す。でも、ノエラ、忘れない」

根に持つタイプだ！

「ノエラちゃんに嫌われているのは今にはじまったことじゃないじゃん、エジルくん」

「ビビさん、それフォローになってませんよ」

こうして全員が揃い、ミナが作ってくれた料理が次々に運ばれていった。

本職でもあるレナが手伝うと、効率は格段に上がった。

アナベルさんが手伝っていたはずだったけど、ミナは笑顔で「むしろ邪魔だったので」と毒をはいていた。

料理下手なの、相変わらずなんですね、アナベルさん。

ポーラは手伝わないどころか、先に呑んでるし。

「あるじ」

「どした、ノエラ。乾杯するからジュース用意しとけよ？」

「ノエラ、美味の味、ほしい。乾杯、それですする」

「……しょうがねえな」

このとき、なんとなくおれは、定期的にポーションだけは作ろうと思った。

ノエラと森で出会い、怪我を治したポーション。

それは、異世界に来て右も左もわからなかったおれを助けた特別な薬でもあった。

創薬室に入るおれたち。新創薬室は、前と一緒の配置で道具がすべて揃えてある。

「ノエラ、素材揃えた」

「素材は……ポーション作る用のやつだけだな」

見ると、すっとノエラが目をそらした。

最近採取してると思ったら、これだったのか。

「みんなの分も用意しようか」

「る♪　ノエラ、手伝う」

おれとノエラは、久しぶりにポーションを作りはじめた。

『キリオドラッグ』ってのは場所を指しているわけじゃない。

置いている薬の数でも種類でもない。

おれ、ノエラ、ミナ、ビビ、エジル、グリ子、常連のみんな。

みんなのいるそこが、『キリオドラッグ』なんだ。


おれたちを探す声が聞こえてきた。

「戻ろう、ノエラ」

「る！」

作りたてのポーションを持って、おれたちは創薬室をあとにした。

20　エピローグ

キュォー。

グリフォンが空で鳴き声を上げ、翼をはためかせゆっくりと降りてくる。

古い古い、家の前。

グリフォンの背中に乗っていたまだ幼い人狼は、その家の前で一度見上げた。

その先には、看板があった。

中に入っていき、背負った鞄の中から瓶を取り出し、一〇本ほどをカウンターに並べた。その下には、並べてある瓶が何なのか示す文章があった。

『怪我治る！　ポーション　美味の味　自由に取れ』

無人のカウンターの端には『リクエスト箱』と書かれた箱があった。それを振ってみると、ガシャガシャと音がする。

中を開けて確かめると、お金が入っていた。

「る!?」

逆様にして落ちてくるお金を確認してみると、なくなったポーションの数と金額は合わないが、入っていることが驚きだった。

リクエスト箱を元の場所に戻して、カウンターに着き外を眺める。

「……」

誰もいないことを確認して、並べた瓶に手を伸ばそうとして、翻した。
おまえの分は用意してやるから、と先ほど主人にキツく言われたことを思い出したのだ。
尻尾を振りながら、カウンターに突っ伏してみる。

外は晴れ。

よく知っている眺め。

いくらかの寂しさが人狼の胸に去来した。それはあとで主人に甘えることで埋めようと思った。

優しいそよ風が吹き抜ける。

心地よくていつの間にか眠ってしまった。

薬も荷物も素材の薬草も薬を求める客も、もうここにはないが、たくさんの思い出がここにはあった。

《完》

あとがき

こんにちは。ケンノジです。

本巻を持ちまして一部完結となります。

ここまで読んでくださった読者様、ありがとうございました。

「小説家になろう」で本作を投稿したのが二〇一六年の七月下旬で、この数年で自分の環境も大きく変わりましたし、こんなに長く続けられる作品になるとは思っていませんでした。

「チート薬師のスローライフ」は、色々と不思議なご縁を運んでくる小説で、最初に書籍を出させてくださった会社はなくなり、それによって書籍は打ち切り……かに思われ所で、文庫版として一二三書房様で再出発。その後コミカライズが決まりました。

その当時で二作目のコミカライズだったので、すごく嬉しかったのを覚えています。

それからさらにさらに、アニメ化と夢にも思ってない展開続きで、良いご縁を運んでくる不思議な小説でした。

自作がアニメになったことで、世間的にもようやく胸を張って小説を書いていると言えるようになった気がします。

原作のイラストを担当してくださった松うに先生、ここまでありがとうございました。

キャラデザやその他イラストのイメージが違ったことが一度もなく、リテイクを出した記憶がありません（出してたらすみません）。明るく可愛いキャラデザインとイラストは、確認するのが毎回楽しみでした。

担当編集様。ここまで担当してくださってありがとうございました。詳細は省きますが、刊行する流れが何かひとつでも違っていたら、アニメにはならなかったと思います。振り返ってみれば、針の穴を通し続けてここまで来たのだと実感するばかりです。

コミカライズを担当してくださっている春乃えり先生、アニメの関係者の皆さま。

「チート薬師のスローライフ」が代表作になったのは皆さまのおかげです。本当にありがとうございました。

コミカライズはまだ続きますし、アニメも配信中ですので、原作しか読まれていない方は是非そちらもよろしくお願いします。

また小説を通してどこかでお会いできれば幸いです。それでは。

ケンノジ

BRAVENOVEL
ブレイブ文庫

チート薬師のスローライフ 8
～異世界に作ろうドラッグストア～

2023年1月25日　初版第一刷発行

著　者　　ケンノジ

発行人　　山崎　篤

発行・発売　株式会社一二三書房
東京都千代田区一ツ橋2-4-3
光文恒産ビル
03-3265-1881

印刷所　　中央精版印刷株式会社

■作品の感想、ファンレターをお待ちしております。
■本書の不良・交換については、メールにてご連絡ください。
株式会社一二三書房　カスタマー担当
メールアドレス：support@hifumi.co.jp
■古書店で本書を購入されている場合はお取り替えできません。

■価格はカバーに表示されています。

ISBN 978-4-89199-925-4 C0193